カイエ

―書物に魅せられて―

菊地美也子

創英社／三省堂書店

ここに挙げた書物に携わった
出版界のすべての人々に、
感謝を込めて。

カイエ—書物に魅せられて— 目次

スーザン・ソンタグ

二〇一四年九月十一日、アメリカ同時多発テロ発生から十三年目、スーザン・ソンタグ『**私は生まれなおしている**』（河出書房新社）を読了する。『**反解釈**』（ちくま学芸文庫）を読んだ時と同じくらいの知的興奮を覚え触発される。「私とは何者なのか」と問い続けた現代アメリカの知の巨人、スーザン・ソンタグにいくばくかの共感を覚え、こうして半身不随となったわが身が、生きていることにどれだけの意義があるのかを毎日問うている。

『私は生まれなおしている』

ロベルト・ムージル『**特性のない男**』（松籟社）に、今の私にとって衝撃的な、それでいて健常な人にとってはどうということのない表現があった。「健康な人の歩みに嫉妬する麻痺患者のように」。そう、私は私の傍らを歩くすべての年代の男女に日々嫉妬している。あんなふうに歩けたら、そんなふうに追い越さないで、私をよぎる風は私一人を取り残して去って行く。

　右足を外側から回り込ませ、しびれた右手を緊張させて杖を突き下を向いて歩く。この体を世間にさらけ出しても、ゴミを捨てなくてはと神経質な形相で。女としても人間としても終わっているというあきらめと、ゴミ捨てさえも一大事という生活臭を漂わせて。毎日問うている。今の自分の身体とは、意識とは、存在意義とは。

　初めて今のリハビリ施設の所長さんが、ケアマネさんと来訪したとき、――脳出血を患い退院してから一年が経とうという頃だった――食卓の片隅にあった文庫本を見て、

「何読んでいるんですか」

と尋ねられた。サルトルの『**存在と無**』（ちくま学芸文庫）を読んでいた。

「サルトルです。普通、主婦は読みませんよね」

と自嘲気味に答えた。

　退院してからは、特に哲学書を読み漁った。鷲田清一、ロラン・バルト、サルトル、メルロ・ポンティ。なんとか歩けるとしても、右半身が使い物にならないも同然で生

『存在と無』

きている。しびれた右半身は不快だが、いまだ確かに存在しているという事実がどうにも不思議だった。倒れた直後の不条理感からこの「不思議」という感覚にたどり着くまで半年を要したが、自分の心と身体の実体感の謎を解くため、哲学書を片っ端からあさった。難解な言葉は私の未熟な頭を素通りするばかりだったが、それでも一冊の中に一行くらいは心に残るフレーズがあった。それでいいのだと自分を納得させ、さらに次の答えを見つけようとまた別の書物を手に取る。哲学書に飽きると、欧米の詩や小説、文学評論を読みノートに書写する。私はこの体で本当に実存しているのかと、日々自問しながら。

自動車

半身不随になって三年目になった頃だったか、リハビリ施設からの帰りの車中、七十代の腰を悪くした奥さんが、「前は車を運転してあちこち出掛けたものだったのに、それに比べて今では」と現在の体が不自由な生活を嘆いておられた。私は黙って聞いていた。その人より二十も若い私は、まさしくその日運転免許を自分の意志で失効させたのだった。車の運転どころか、マンション内のゴミ置き場でさえ、部屋を出てから往復三十分杖をついて歩く身では詮方ない。

ウィリアム・バロウズの『**裸のランチ**』(河出文庫)で、ドラッグ漬けの自堕落な作者に恐れ入ったあと、ジャック・ケルアック『**路上**』(河出文庫)の快楽を求めてアメリカの乾いた道路を車で駆け抜ける若者たちに羨望を覚える。トマス・ピンチョン『**ヴァインランド**』(河出書房新社)に登場する男女は、あっけらかんとドラックとセックスに溺れ、それでも車で明日へと向かう。圧巻のビートニク世代。彼らは何を求め、何に向かったのか。何も考えることなく、ひたすら車で突き進む。こんな人生もあったのかと思う。

ひるがえって一九〇〇年代初頭のプルースト『**失われた時を求めて**』(ちくま学芸文庫)の世界では、自動車が登場し人々の移動に画期的な革命を起こした。しかし主人公には許せない。

女性の身動きはあくまでエレガントでなければならない。「スワン家の方へ」の描写では、昔の馬車の仕立てがエレガントであったと同様、馬車からドレープの美しいモーヴ色のドレスでゆったりと降り立つスワン夫人の、洗練とした姿でなければならなかったのだ。スポーティなセダン型の車からさっそうと降りるパンツスーツのキャリアウーマンなど、もってのほかだったろう。

『ヴァインランド』

トヨタを主導とする自動車産業界のみならず、IT企業も自動運転の車の実用化にしのぎを削っている。もう少し私に車を運転したいという執着があったなら、自動運転させた車でいつか、遠くどこか知らない街へ一人で旅をしたいと思っただろうか。いや、まがりなりにもマニュアル車しか運転したことがないという自負からすると、ロボットスーツを着用すれば自在に車を動かすことができる時代まで待って、マニュアル車を転がし意気揚々と出掛けたろうか。左足で思いっきりアクセルを踏んで、さびれた地方都市の港の岸壁から青い海をめがけ、しびれた体に別れを告げたい。

ボラーニョ

二〇一五年十一月十五日、ロベルト・ボラーニョ『**2666**』（白水社）を読了する。第一章の「批評家の部」、アルベルト・アングェール『**読書礼賛**』（白水社）ばりの文学談義や書物への愛情を語ると思いきや、ビートニク世代顔負けのセックス三昧の男女の文学者たちが、アルチンボルディなる謎の小説家の追っかけをする。「犯罪の部」、連続殺人、あるいは個々には関連のない殺人事件の羅列、警察の怠慢、無気力さがラテンアメリカ社会の混沌ぶりを象徴する。最終章「アルチンボルディの部」、文学の剽窃問題を真面目に語ると思ってはいけない。マリー・ゲリュセックが、『**警察調書—剽窃と世界文学**』（藤原書店）で追及した剽窃の罪や真実など、ボラーニョにとっては何の意味もない。パロディーもブラックユーモアの一端に過ぎない。と同様に、アルチンボルディにとって男爵令嬢やインゲボルクとの愛の交わりも意味がないようだ。そこにわずかな真実の愛があるにしても。ここまでの章に登場した無関係と思われる男女が、最終章で収斂されて行く。まるで女体の子宮に吸い込まれていくかのように。ヨーロッパ、北米を放浪してきた登場人物は皆、破壊の街、メキシコの都市へと帰って行く。

『2666』

「フェイトの部」で唐突に紹介される料理のレシピは、とてもおいしそうだ。特に芽キャベツのサラダは作ってみたくなる。

富、名声、栄光、快楽、愛を求めつつ、人々は堕ちてゆく、砂漠の海へ。世界は何も変わらない。あたかも真実の愛に到達したかのような幻想を抱いて、人生はあっという間に終結する。新聞は、フランス、パリのテロ事件の惨劇を報じる。人類世界の混沌は果てしなく続く。

源氏物語

脳出血で入院中に、それまで読み掛けだった『源氏物語』（新潮日本文学集成）残り三分の二を読了した。大学時代国文科でありながら、谷崎潤一郎現代語訳『源氏物語』（中公文庫）しか読んだことがなかったのが負い目となって原文にあたったわけだ。六十代くらいの個性的でシンの強そうな女性の患者さんに

「源氏物語を読むために、入院生活を送ったのね」

とえらく買い被りをされたが、実はそれほど源氏に魅かれていたわけではなく、ただ原文で読まねばならないという義務感に駆られていたに過ぎない。

二〇〇八（平成二十）年という年は、源氏物語千年紀に当たり、その秋は様々な記念行事が営まれ、源氏物語国際フォーラムもその一環であった。この年にはまだ私は、源氏の原文全巻を読み通していなかったことになる。十月二十六日、日曜日の午後、東京大手町の日経ホールで最初のフォーラムが開催された。源氏研究の第一人者である秋山 虔氏のあいさつに始まり、基調講演は二人、芳賀 徹氏とドナルド・キーン氏である。

『源氏物語』

ドナルド・キーン氏の講演から引く。師であったアーサー・ウェイリーの英訳は完璧だったので、自身は翻訳しようとは思わなかった。ウェイリーは日本はおろかアジアにさえ一度も足を踏み入れたことがなかったので、一部にある誤訳は、日本の生活習慣を知らないことからくるものであった。たとえば、「脇息（きょうそく）に座って話をした」というところで、脇息はテーブルになっているし、「座る」は、ヨーロッパの高貴な人物にとって床に座ることはあり得ないので、ソファに座っていることになっている。ウェイリーは文学分野的に日本文学中、源氏などの古典以外は興味を示さなかった。キーン氏が近世文学に関する書を上梓しウェイリー氏に渡したが、何の反応も示さなかったという。

パネルディスカッションで、ニコル・クーリジ・ルーマニエール氏が「志野焼の橋姫を見て、主に美術的観点から源氏に入っていった」と発言したところ、芳賀氏が「視覚から入るのは、我々日本人が西洋の宗教画を見ることによって西洋への理解を深めるのと同じで、自然な動きである」と答えていた。

このフォーラムからしばらくして、東京、府中市の国文学研究資料館で「源氏物語千年のかがやき」展に行った。絵巻や異本、古筆切の展示で雅な源氏の世界を視覚で堪能したので、ルーマニエール氏の感覚は共感できた。

『**源氏物語**』は現代感覚からいえば、希代のプレーボーイ源氏による究極のエロ小説である。心理学分析をするまでもなく、源氏はマザコン、セックス依存症というところか。現代女性からすれば、色男源氏の身勝手な行状は目に余るものがある。『**源氏物語絵巻**』（絵巻で現存するのは十九帖のみ）中でも、深遠な空気が漂い人間の心の闇を彷彿とさせる、傑作の場面がある。柏木㊂で、絵巻中唯一正面からとらえた顔の源氏が、柏木と密通した女三の宮の産んだ赤子を抱く場面である。ごく最近、現代科学で明らかになった事実がある。赤外線を当てると、現在の絵にはなかった下絵の墨絵が浮かび上がる。赤子の腕はすっぽりと産着に納まっているのに、下絵では源氏の胸に添うように産着から出て、手を掛けているのである。かつて藤壺と不義を働いた源氏に、赤子の無意識の愛は受け入れられない、現存する絵の赤子の手を私はそう解釈した。現代女性の感覚からすると、過去に不義密通を犯した源氏に、柏木を病に追い込み死に至らしめる資格があるのか。CSI科学捜査によれば、源氏の鋭い眼力で柏木を死なせたことは到底立証できないが、だからといって源氏の罪業は赦されるのか。この一点にしろ、『**源氏物語**』に登場する女性の罪にせよ、仏に祈ればすべて赦され、谷川の水の流れのようにこれも運命と流されてもいいのか。

　三島由紀夫の『**豊饒の海**』（新潮社全集19）天人五衰の巻は、再三仏教理念を解きつつ、若かりし時過ちを犯し後に仏門に入った女の達観した姿を、たゆとう水の流れが時を終わらせたかの如くに描く。この日本文学の系譜ともいうべき、仏の教えに従い過去を水に流す物語の結末に、私は不快感を覚えた。般若心経の「何事にもこだわるな」という姿勢には共感できて

『豊饒の海』

も、半身の体を甘受することはできても、それが自分の運命だとあきらめ、人生に闘いを挑まずしてそれを生きるといえるのか。ガルシア・マルケスの『**百年の孤独**』（新潮社）やフォークナーの『**アブサロム、アブサロム！**』（河出書房新社）に登場する女たちが虐げられながらも明日へ明日へと向かう姿を見ると、私は彼女たちの強さに魅かれる。もっとも運命を嘆き過去を水に流して、残りの人生を全うするというのも、相当したたかではあるが。

三島由紀夫

正月明けの新聞に、文芸評論家の佐伯彰一氏が二〇一六年一月一日に亡くなったとあった。記事の中に三島由紀夫研究の第一人者で、新潮社の全集（35巻補巻1、一九七六年完結）編集を担当とあったのでハタと気づいた。全集本の付録解説でその名を度々お見かけしていたのである。夫が叔父から譲り受けたという全集本を、結婚以来持っていた。引越しの度にまさにお荷物だった。おそらく叔父も夫も所蔵していたら格好いいという見栄だけで、長く読みもしないで放置していたのだろう。私はといえば、結婚後ポツリポツリと読み、子育てがひと段落し、今の体になって時間ができてから一気に読み終えた。あまりに場所を取るし、夫ももう未練はないようだったので、一冊読み終えるごと、マンションの雑誌を捨てる倉庫に反故にした。第一巻の小説㈠だけがなぜか最初から欠落していたので、「花ざかりの森」を図書館で借りて読んだ。夫に悪いので補巻だけ取っておいたような気がする。

今、手元にその補巻の付録がある。「評伝三島由紀夫」35最終回「終わりなきコーダ」という佐伯彰一の文章が掲載されている。アメリカの作家ヘンリー・ミラーの「三島の死に思う」（一九七二年カリフォルニアで出版）のエッセイについて書いている。三島はヘンリー・ミラーを「私の好きな作家ではない」と断言しているが、ミラーの方は「おおらかで暖かい三島論を繰り広げている」と。「若さ、美、そして死―これらが三島の作品をなすテーマだ」、「自分の国を愛していたばかりでなく、自国を救うために一切を犠牲にしようとしたのである」、「私の読んだかぎり、三島の作品にはヒューモアのかけらも見出せなかった」と。ヘンリー・ミラーが三島の自死に理解を示し、ユーモアの欠如を指摘している正当性を佐伯彰一は認めつつも、座談会や日常の社交の席で三島は、「不意打ちの機智と諷刺と悪戯っぽさにあふれていた」と思い出を語る。

正直言って三島文学は正体がつかめない。全集を読み終えても、本当に好きな作家かと問われたら疑問が残る。『**潮騒**』（全集9）、『**金閣寺**』（全集10）などの引き締まった文体と無駄のない筋運びに比べ、『**鏡子の家**』（全集11）は冗長なストーリーで文体も緩んでいる。『**豊饒の海**』（全集19）は本人が遺作と覚悟していたせいか、自身が咀嚼した日本文化と東洋哲学を、今の言葉でいえば突っ込みすぎて、気負ったきらいがあり、文体は回りくどいほど装飾に凝ったものだ。作家の石原慎太郎がかつて言及していたことだが、憑かれたように書きまくった感がある。その結果、小説、戯曲、エッセイどれも出来、不出来の落差が激しい。

作品の評価と同様、自死の理由もいまだ不可解だ。『**憂国**』（シナリオ）（全集23）や『**太陽と鉄**』（全集32）にそのヒントはあるだろうか。天皇制を堅固にするという思想のもと、護国のため自衛隊に体験入隊し「楯の会」を結成する――まずはそれが目的だったはずが、日本国民はおろか「楯の会」のメンバーですら、「決起」しようとは思わなかった。あとに残された三島は、日本文化の型に裏打ちされた様式美にのっとって、自死を演出するという手段を講じるしかなかったのか。心情的には戦争を直接体験せずに生き残ったという負い目、無力感が先行し、肉体的には将来、老醜をさらす嫌悪感に耐えられなかったのか。『三島由紀夫の肉体』（河出書房新社）で山内由紀人氏がやはり、「太陽と鉄」を手掛かりに説いているが、どうも決定的な説得力がない。

昭和四十三年初出の「日沼氏と死」というエッセイがある。（日沼氏は）「会うたびに、私に即刻自殺することをすすめていたのである。もちろん買い被りに決まっているが、氏は私が今すぐ自殺をすれば、それはキーロフのような論理的自殺であって、私の文学はそれによってのみ完成すると主張し勧告するのであった」、「氏といえども、もちろん私について誤解はしていた。私が文学者として自殺なんか決してしない人間であることは、つとに公言してきた通りである」、「私はモラーリッシュな自殺しかみとめない。すなわち武士の自刀しかみとめない。そんな男に、文学者としての「論理的自殺」をすすめてやまなかった氏は、あるいは私を誤解していたのかもしれない」これが自死の二年前の文章だ。

だいぶ前にNHKだったか、川端康成のノーベル文学賞受賞直後、伊藤 整を進行役として三島由紀夫を交えた座談会が放映されていた。三島自身、ノーベル賞はのどから手が出るほど懇望していたはずだが、川端に対する尊敬と受賞の喜びを素直に共有していた。それは『川端康成・三島由紀夫往復書簡』（新潮文庫）からもわかるように、三島の川端への尊崇と信頼の表れだった。この往復書簡中、最も印象深いのが死ぬ一年前の三島から川端への手紙である。「ますますバカなことを言うとお笑いでしょうが、小生が怖れるのは死ではなくて、死後の家族の名誉です。小生にもしものことがあったら早速そのことで世間はきばをむき出し、小生のアラをひろい出し、不名誉でムチャクチャにしてしまうように思われるのです。生きている自分が笑われるのは平気ですが、死後子供たちが笑われるのは耐えられません。それを護って下さるのは、川端さんだけだと今からひたすらたよりにさせていただいております」（昭和四十四年八月四日付）。

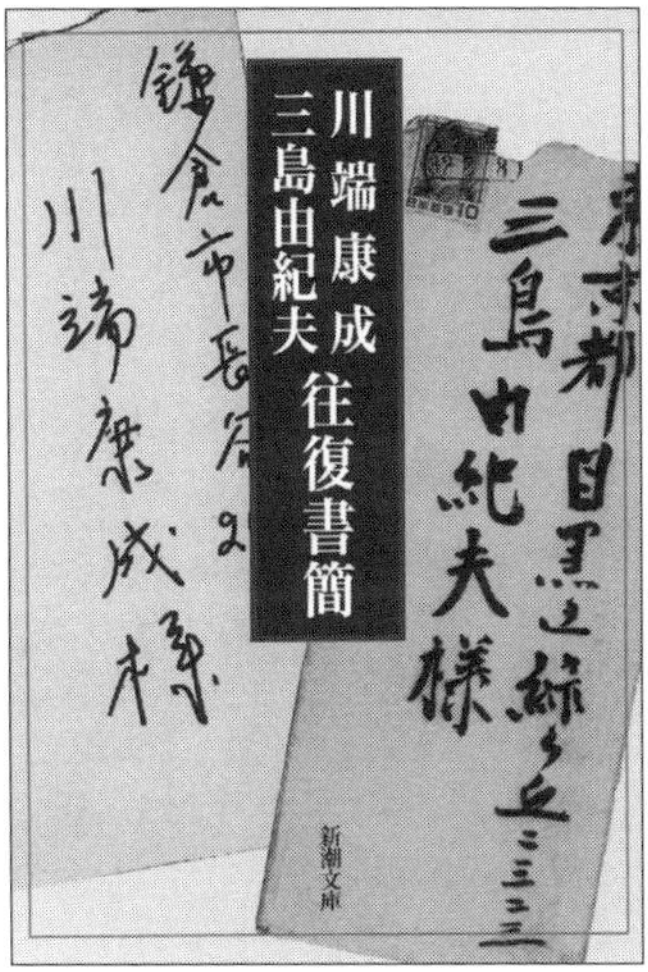

『川端康成・三島由紀夫往復書簡』

自刀するまで三年二年一年と逆算し、きわめて周到に準備の時を重ねていたと推察するに、確固たる政治思想に突き動かされて死んでいったのではなく、戦争を挟んだ不幸な時代に思索し続ける責務をたった一人で背負って押しつぶされた、そんな三島由紀夫の孤独な姿が浮かび上がってくる。

良寛さん

二十数年来購読している、『**国文学研究**』（早稲田大学国文学会）が郵送されてきたので読む。読むといっても主に大学院生の発表の場なので、論文は素通り、教授が執筆する書評や、学術書の新刊紹介に目を通す。ところが百七十七集に、田部知季氏が書かれた『**源氏物語**』の偽書とされる『**山路の露**』に関連した論文に、ふと興味を引かれる。小野の冬に炭窯の煙を眺めながら、物思いに耽る浮舟を描写する段が引用される。

雲の上より煙いとかすかにたなびくを、「これやさは、音に聞きこし山人の炭焼くならん」と心細さも言はんかたなし。
住む人の宿をば埋む雪の内に煙ぞ絶えぬ小野の炭がま

高校時代、放課後にマラソン大会に向けた練習で、同じクラスの女の子たちと校外のマラソンルートを走った。途中、炭焼き小屋が数軒点在し、たわわに実った柿の枝越しに炭煙が立つ田舎の風景に感動した。いかに田舎育ちの私とても、さらに田舎の情趣あふれる光景が掛川の

『聚美』

郊外でお目に掛かれるとは思ってもみなかった。晩秋の時雨時、突然よみがえった思い出。

美術雑誌『聚美』Vol.17（2015 Autumn）をブックサービスで取り寄せて読む。一休宗純と久隅守景の特集に魅かれたのだが、巻末連載の良寛の項が思いのほか心に残った。良寛が抱く草花への慈愛を伝える文章だった。良寛の俳句、詩歌、漢詩そして伝記など夫に三冊図書館で借りてきてもらい一気に読む。数奇な運命、そして多感かつ多作であった。

偶然にも数か月後、ＮＨＫ Ｅテレ「１００分de名著」という番組で「良寛詩歌集」が十二月ひと月放映され、中野東禅氏の解説を視聴する。自然を愛し、世間の規則にとらわれない無心の良寛の生き様を伝える。「たくほどは風がもてくる落葉かな」、生きていく最低限の食べ物と、それを煮炊きするだけの落葉を必要とする清貧の生活。自然の恩恵を受けることに感謝し、自然の美しさを楽しみ、なおかつ自然は人間を超えたものとして認識する。良寛は自分の感動を、他人や自然といった対象物との距離を測ることによって言語化する。同様に自分の老いや死に対しても距離を置いて観察し、言語に落とし込んでいる。「老いが身のあはれを誰に語らまし杖を忘れて帰る夕暮れ」、私も死は怖くない。いつ死んでもいいと思っている。しかし私は、どこかに杖を忘れたら歩けない。自分の醜いしびれた右半身を、まだうとましく思っているうちは、私に向けられる他者の同情の目にこだわっているうちは、達観した境地に至っていないということか。「死ぬ時節には死ぬがよく候」という良寛さんには近づいていないのだ。「形見とて何残すらん春は花夏はほととぎす秋はもみぢ葉」、ベランダから椅子に座って眺める国有林の樹木に、春は野藤がからまり夏は蝉しぐれでかまびすしく、秋は黄落を楽しみ冬枯れに残った赤いつたをいとおしんで、一年は過ぎて行く。

映画

脳出血で倒れる前から死に支度ではないが、たまる一方の蔵書は家族にとって邪魔以外の何物でもないと思い、本はチャリティーとして寄付してきた。家庭の事情で食事や学業に困窮している十代の若者を支援している団体、難病の子供を支援する団体、そして東日本大震災で蔵書をなくした図書館への寄付などをしている。おかげでいつも手元にあるのは、今現在読んでいる本と、朝の書写のための文学評論本や哲学書のみとなった。並行して一箱のダンボールに、映画・演劇関係の本を少しずつため込んで、この業界に携わる若い人の役に立てないかと思案していた。

この病気のせいなのか更年期なのか、ここ一年婦人科系疾患に悩まされ、いよいよ明日子宮摘出のため入院となった前日、偶然にもNHK Eテレの夜七時二十五分、「人生デザインU－29」という番組で、新潟県上越市で高田世界館という映画館の館長を務める上野迪音さんが紹介されていた。ダンボールの送り先はこの方宛てしかないと思い、迷惑も顧みずに入院中夫に送ってもらうことにした。

箱の中身を羅列する。映画評論**『ヌーヴェル・ヴァーグの全体像』**ミシェル・マリ（水声社)、『**ヴィスコンティ**』若菜 薫（鳥影社）、演劇評論『**演戯の精神史**』矢橋 透（水声社）。あとは映画、演劇の原作となった文庫本『**モデラート・カンタービレ**』マルグリット・デュラス、『**女中たち／バルコン**』ジャン・ジュネ、『**アガタ／声**』マルグリット・デュラス、コクトー、『**母アンナの子連れ従軍記**』ブレヒト（以上、光文社古典新訳文庫）、『**山猫**』ランペドゥーサ（河出文庫）。安部公房の『**砂漠の思想**』（講談社文芸文庫）は、映画・演劇の脚本にも熱心だった作家らしく、彼独自の映画論が一部含まれていたので一緒に詰めた。

山田宏一、蓮實重彦共著の『**トリュフォー最後のインタビュー**』（平凡社）は興味深かった。トリュフォーにちなんでＤＶＤ『**日曜日が待ち遠しい！**』（一九八三年フランス）も箱に添える。

『トリュフォー最後のインタビュー』

ファニー・アルダンの足の美しいこと。彼女とジャン・ルイ・トランティニアンの掛け合いが絶妙だった。そういえば二〇一三年の初めだったか、ＮＨＫラジオフランス語会話応用篇でトリュフォーのインタビューで構成された講座を聴いた。ファニー・アルダンのインタビューの回があった。明るく知的な雰囲気をたたえ、デビュー当時の思い出を早口でまくしたてていた。ＤＶＤは他にレイ・ブラッドベリ原作の『**華氏451**』（一九六六年イギリス）、一人二役のジュリー・クリスティが若々しく美しい。ついでに監督はマイク・ニコルズだがエリザベス・テイラー主演の『**ヴァージニア・ウルフなんかこわくない**』（一九六六年アメリカ）も同封する。トリュフォー出世作の『**大人はわかってくれない**』（一九五九年フランス）のＤＶＤは惜しくてまだ手元に置く。『**マルセル・デュシャン書簡集**』（白水社）を読んで、二十代の頃衝撃を受けた『**突然炎のごとく**』（一九六二年フランス）を思い出す。マルセル・デュシャンとこの映画の原作者アンリ＝ピエール・ロシュとの交流が、書簡集から窺えたのだった。トリュフォーの映画は何度見ても飽きない。

病院の図書室

　子宮の手術のため九月八日入院し、術前の予備検査の合間に病院内に図書室があることに気づき行ってみることにした。入院患者、外来患者ともに閲覧と借りることができ、誰もいない受付にあるノートに貸出の日付と冊数だけ書けばいいという。私にとっては病室から歩く練習にもなる。大衆的な文庫本と雑誌が多そうだったので、しばらく備え付けの椅子と丸テーブルでくつろぎながら、コミック本の『**ゴルゴ13**』で時間をつぶし帰ろうとぐるっと書棚を見まわした。ふと、黒い古びた懐かしい三笠書房の全集本、三冊を見つけた。アーチボルド・ジョセフ・クローニンの著作である。中学一年の時に父の書棚から『**星の眺める下で**』上巻を引っ張り出し、巧みなストーリーテリングに魅かれ読んだのを思い出した。実に四十年以上も前のことだ。早速『**帽子屋の城**』を借りる。病院には『**ピンフォールドの試練**』イーヴリン・ウォー（白水Uブックス）、『**影をなくした男**』シャミッソー（岩波文庫）、アランの『**幸福論**』（白水Uブックス）を持ち込んだ。『**影をなくした男**』はおもしろくて一気に読んだが、アランには退屈していたので『**帽子屋の城**』を先行させることにした。思わず手術前に読了。バルザックやディケンズに心酔していただけあって、飽きさせない筋運び、ディテールの周到さに優れ、当

『三つの愛』

時イギリスで大衆の人気を博していたのがよくわかる。術後、続きを読みたくて堪らず下巻に飛びついた。次いで、『**三つの愛**』上巻を借りる。退院後、夫に図書館で下巻を借りてきてもらって即座に読んだ。実は『**星の眺める下で**』は家にあったのが上巻のみで、あれきり四十数年経ってしまったという苦い思い出があるのだ。三笠書房のかび臭い全集本がよみがえらせてくれた、私の思春期だった。

入院中は他に、『**センセイの鞄**』川上弘美（新潮文庫）、イギリスのディック・フランシスの競馬ミステリー、最後に白洲正子のエッセイ『**夕顔**』（新潮文庫）などを借りて大いに楽しませてもらった。最近、図書室だけでなく、本屋さんまで入っている病院があると聞く。患者の無聊を慰めてくれるには、コンビニエンスストアと共にありがたい存在だ。

『**三つの愛**』とともに、白洲正子が勧めていた谷崎潤一郎の『**台所太平記**』（中公文庫）を図書館で借りて読む。谷崎といえば、退院後、NHK BSテレビで女性をミューズと崇めた谷崎文学の軌跡をたどる番組と、映画『**鍵**』（一九五九年大映、市川 崑監督）を見た。谷崎描く官能の極致と、仲代達矢の怪演ぶりが楽しかった。

入院中に読み掛けだった、イーヴリン・ウォーの『**ピンフォールドの試練**』を退院してから読了。以前読んだ『**ご遺体**』（光文社古典新訳文庫）と『**スクープ**』（白水社）ほどおもしろくなかった。彼の作品の主人公は、苦境にもがけばもがくほどさらなる窮地に追い込まれ、読者に軽い笑いと同情を引き起こす。ウォーの乾いたユーモアが、半身不随の上、子宮もからっぽになった私に、病気になろうと死のうとたいしたことではないと妙な励ましになった。

　晩秋に、カズオ・イシグロがNHK Eテレの、読者との対話を含めた特集番組に出ていた。「小説の力を信じている」という力強い言葉が印象的だった。抑制と静謐さが漂う『**日の名残り**』（ハヤカワepi文庫）の執事スティーブンス、他者との距離を図りかね孤独と向き合う『**私を離さないで**』（早川書房）の若者たちは、現代社会の闇にひっそりと生きている。クローニン、ディケンズ、モームやウォーなどと明らかに時代背景や作家の資質は違うけれども、長編小説の優れたストーリーテリングの伝統は、引き継がれている。イギリス文学の奥の深さは、フランス心理小説とは違った楽しみがある。

マルセル・デュシャン

ロベルト・ボラーニョ『**2666**』(白水社)に言及があり、磯崎 新『**挽歌集―建築があった時代へ**』(白水社)では「マルセル・デュシャン 口ひげをとったモナリザ」という文章が捧げられていたのに触発されて、『**マルセル・デュシャン書簡集**』(白水社)を読む。補足として、ジョルジュ・シャルボニエ『**デュシャンとの対話**』(みすず書房)、マルセル・デュシャン、ピエール・カバンヌ『**デュシャンは語る**』(ちくま学芸文庫)を夫に図書館から借りてきてもらい読む。美術関連の本は発作的に読みたくなる。

シュルレアリストのアンドレ・ブルトンについて、「そしてとりわけ彼はシャツを変えるように、思想を変えることができる」、「彼にはあの思想的日和見主義があります」というのには笑ってしまった。的を得ている。

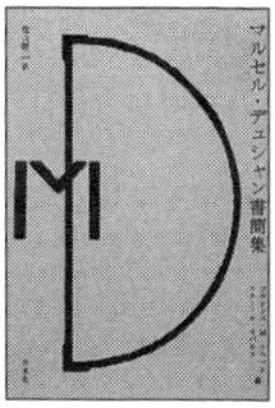
『マルセル・デュシャン書簡集』

七、八年くらい前だったか、イギリスBBCのデュシャンを特集した番組をテレビで見た記憶がある。作品「レディー・メイド」が観賞者に訴えかけるというよりは、ささやきかけているような質感、美術館の存在意義を問い掛けている芸術活動、人を喰ったようなブラックユーモアあふれる作品、チェスへの傾倒ぶりなど衝撃を受けた。私のように書けなくてついにあきらめた凡庸な書き手、つまり『**バートルビーと仲間たち**』エンリケ・ビラ＝マタス(新潮社)が揶揄するバートルビー症候群的な物書きにとっては、デュシャンのように、意図的に描かずに表現することを停止した表現者は、憧憬の的でしかない。今流行のパフォーマンスアートの権化のみならず、美を語るデュシャン特有の言語にこだわる生涯である。彼は様式や形態、思想からさえも自由でありたいと願ったがため、創作(彼の言葉で言えば「作る」)そのものを放棄したとは、芸術家の理想ではないか。「レディー・メイド」におけるオブジェの選択について彼が言った言葉、「美的な感動を何にも受けないような無関心の境地に達しなければなりません」。ほとんど仏教的ともいえる精神状態で作品創作に当たっている。「私は作品を見る者にも、作品を作る者と同じだけの重要性を与えるのです」(『**デュシャンは語る**』「働くよりも呼吸していたい」から)。芸術の創作者と観賞者の双方向性、これなどはE・フィッシャー＝リヒテ『**パフォーマンスの美学**』(論創社)の観客を巻き込んだパフォーマンスアートの評論に通じる。

『**マルセル・デュシャン書簡集**』からデュシャンの妹婿である画家のジャン・クロッティに宛てた手紙、「ぼくは絵画それ自体を信じてはいない。——いかなる絵といえども、それは画家によってではなく、それを見て好意を抱く人たちによってつくられる。言い換えれば、自分自身が分っているあるいは自分が何をやっているのか分っている画家なんていない」、「ぼくはオリジナルな香りを信じているが、しかし、いかなる香りもそうであるように、香りはすばやく蒸発してしまう」、「残るのは、歴史家によって「美術史」の章に分類される乾いた核なのである」芸術作品に、様式やジャンルなど無意味だと説いているのか。ヴァルター・ベンヤミンの「認識批判的序説」(『**暴力批判論　他十篇**』(岩波文庫))に通底するものがある。シュルレアリスト・アーティストのマルセル・ジャンに宛てた手紙、「記憶が人生の重要な時期に関してさえ、どれほどもろいものであるのか確認するのはただただ不思議なことです。もっともそれは、歴史の幸せな気まぐれというものを説明するものなのです」。

凡人にとって、誇りを傷つけられた記憶はいつまでも澱のように残る一方、幸せな記憶は忘却の彼方に追いやられる。今はただ、知への渇望を充足しようと、現在の自分の歴史を刻みこんでゆくのみだ。

美術本の奥さん

チャリティーの寄付本に回すばかりではもったいない、あの人に読んでもらいたいと思う本は適材適所、ふさわしい人に差し上げることにしている。少し不思議な話や鋭い洞察力を持った主人公が登場する文学作品は、短歌をたしなむ高山の友人に送る。下の娘と同学年の息子さんがいるご近所さんには、彼が哲学に興味があるというので哲学書を、奥さんは美大出なので美術関連本を渡す。数年前、松本竣介の本を差し上げたことがある。まだまともな体だった頃、千葉市美術館で自画像か「Y市の橋」か数枚の絵を観た記憶がある。ブルー、それもさまざまな色調のブルーが印象的な画家だ。

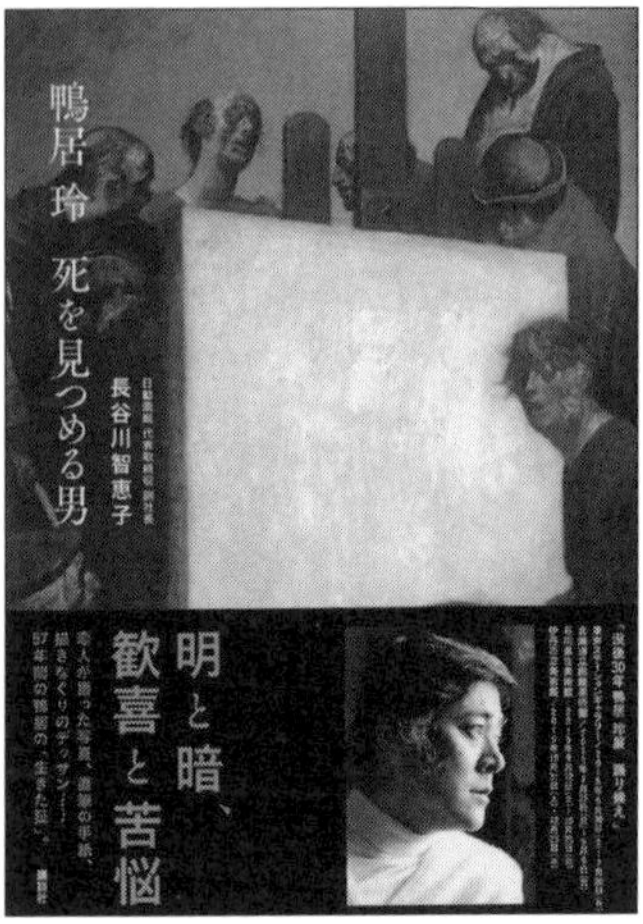

『鴨居 玲　死を見つめる男』

『鴨居 玲　死を見つめる男』長谷川智恵子（講談社）、彼女にこの本をあげる前に、夫がコーヒーを思い切りこぼして乾かすのに苦労した。金沢に住んでいた頃、金沢県立美術館

で鴨居 玲の特別展を観たことがある。十一月から三月までのかの地の天候に引けを取らぬほど陰鬱な色調、人間の内奥をえぐり捕るかのようなテーマ、一度見たら忘れられない。夫の転勤で移った金沢は私にとって天気以上に精神的に辛い所だったせいか、鴨居の作品は眼の奥に突きささるようだった。

『若冲』澤田瞳子（文藝春秋）は小説仕立てで、スリリングな筋運びのせいか若冲の生涯がわかりやすく描かれていた。東京のいくつかの美術館で若冲の絵は観た。奇想天外な動植物の取り合わせ、鮮やかな色彩美、美とは何かを突き詰めた作風だ。

この不自由な体になってとりわけベランダの掃除はきついのに、高層階から大量の土が降ってきて、手すりといわず足場といわず、掃き清めるのに難儀した。プランターの土を捨てたのだろう。数か月後、今度は絵具が数回落ちてきた。同じ部屋に違いない。被害に遭った並びのお宅が数軒あったのと、絵具の量が尋常でなかったので、犯人の小学生男児を連れて、三十代くらいの奥さんがどら焼き一箱を持って謝ってきた。甘いものを渡せば済むという発想は迷惑だ。我が家で和菓子を食べるのは私一人、さすがに多いので一箱ごとギュンター・グラスの本とともに、左手でパッキングを何とかこなしクロネコヤマトを呼んで、「美術本の奥さん」に送った。

『本を好きな人への贈り物』

『ブリキの太鼓』（河出書房新社）のおもしろさもあって、**『本を好きな人への贈り物』**（西村書店）を下の娘に買ってきてもらい、読み終えた後に彼女に届けたのである。実はこの本、生活に根付いた実直さと、自然に囲まれた喜びを平易な詩と絵で伝えている。ヘルマン・ヘッセの水彩画にも通じる、花木への慈しみと日常雑器への愛着があふれた絵がメインの画集ともいってよい。「美術本の奥さん」にいつか絵を模写して欲しいと、手紙を添えた。

気に入った詩を引く。

「わが家の庭からの収穫」
例えばこのラディッシュ
萎びたり
色が褪せたりしないうちに
つまりまだとれたてのうちに
すかさず歯でかぶりつくか
さしあたりはまず写真に収めるだけにとどめておくこと。

「ぼくの使い古したオリベッティ」
ぼくの使い古したオリベッティは
どんなにせっせとぼくが嘘をつき

それでも原稿を書き直すたびにタイプミス一つ分ぐらいは
何とか真実に近づいていることへの証人。

「秋の果樹園」
どの木もきれいさっぱり葉を落として立っている
ただリンゴの木だけが葉を落としたあとも
実だけたくさんつけて、十二月にむけて立っている
この眺めに驚かない者は
枯れ枝しか目に入っていない者

「一つの小説」
ぼくが将来書くことのないだろう
一つの小説の出だしは、こういったものだろう——
主人公のマールッケは近道して森の中を抜けていったとき
無残な姿になった老いぼれの茸に出くわして、身につまされた
茸は台風に根こそぎにされて、ひっくり返ったために、
上に向けて生殖しているのだった……

ギュンター・グラス、二〇一五年四月十三日逝去、享年八十七歳。

短歌の奥さん

短歌をたしなむ高山の奥さんに尾崎　翠**『第七官界彷徨・琉璃玉の耳輪　他四篇』**（岩波文庫）を送ったところ、さすがクリエーター、お礼の手紙とともにこの本からインスピレーションを与えられて作ったという短歌掲載の、地元同人短歌誌を送ってくれた。私も以前ちくま学芸文庫で読んでから再び手にとったわけだが、何度読んでも新鮮なおもしろさがあり、漫画家の大島弓子に通じるような不思議議ワールドが、昭和初期に創作されていたことに驚きを禁じ得ない。他に、「こほろぎ嬢」、「アップルパイの午後」なども寡作なのだが、「短歌の奥さん」の可愛らしい丸顔と、大島弓子描く猫の少女たちがオーバーラップして、しばし異次元の世界に誘われた。

「短歌の奥さん」は、本を送るたびにていねいな感想をしたためた手紙をくれる。**『千年の祈り』**イーユン・リー（新潮クレストブックス）もそうだった。中国系アメリカ人の作者が、中国という国の不条理に苦しむ人々を、哀切まじえながら描く短編集。この本のあとに、長編**『独りでいるより優しくて』**（河出書房新社）が出版された。そつのない筋運

『第七官界彷徨・琉璃玉の耳輪 他四篇』

びの上に、息も詰まるような心理戦が繰り広げられる。登場する若者の悲劇に、思わず感動を共有してもらいたくて彼女に送った。

婦人科系の手術で入院する直前に、短編集**『停電の夜に』**ジュンパ・ラヒリ（新潮クレストブックス）を読んだ。彼女もアメリカを拠点とするインド系英語作家である。イーユン・リー『千年の祈り』と共通する点は二つ、一つは微妙な心理の綾を掬い取る描写、もう一つは二人の作家が中国とアメリカ、インドとアメリカという二つの国にアイデンティティーを抱き、登場人物を介して自己確認をしていることである。確認の度合いは登場人物と同じように、揺らぎせめぎあっている。アメリカ行きを決意するというだけで、中国やインド本国では経済的に恵まれた上流社会の人間がすることと見られ、一方アメリカに渡れば、必ずしも知力と経済力を確保できる生活が保証されるわけでもない。本国では期待と羨望の目にさらされ、アメリカでは自分の思い通りの人生を描くことができない。

「微妙な心理の綾を掬い取る」鋭い洞察力を持つ短編作家といえば、アリス・マンローだろう。二〇一三年Master of the contemporary short storyとしてノーベル文学賞を受賞した。**『イラクサ』**（新潮クレスト）を読む。正直言ってこれがノーベル賞に値するかというと私には疑問だった。アメリカにはO・ヘンリーという希代の短編の名手がいるため、アリス・マンロー、イーユン・リー、ジュンパ・ラヒリという短編作家の評価が高いのだろう。ヨーロッパほどの奥の深さがアメリカ文学にはもう一歩足りない、というのは私の偏見だろうか。それともこの短編自体が持つ奥の深さが、アメリカの伝統なのだろうか。エドガー・アラン・ポーやメルヴィル、フォークナー、トマス・ピンチョンなど魅力的な長編作家はたくさんいるのだが。

二〇〇四年にノーベル文学賞を受賞したエルフリーデ・イエリネクは受賞時に「トマス・ピンチョンの方がふさわしいのではないか」とコメント。本国オーストリアからはポルノ作家といわれ、日本の新聞も当時「大衆作家といわれることも」と報道していた。しかし私は『**ピアニスト**』（鳥影社）を読み、ミラン・クンデラにも似た皮膚感覚で異性をとらえる官能性は彼女独自のもので、日本人にはない独創性を感じ、賞にさわしいと思った。

『求道と悦楽—中国の禅と詩』

英語圏において英語で書かれた作品に優位に働くというノーベル文学賞は、政治性の濃い平和賞とともに欧米主流の思潮に傾きがちで、地域的、宗教的にも公平性に欠ける。廃止すべきだと思う。文学は受け止める側にとっては、やはり主観的なものだ。

『**ディスクール**』ジャック・ラカン（弘文堂）のあとがきからのさらに孫引きで気が引けるが、入矢義高『**求道と悦楽—中国の禅と詩**』（岩波文庫）から入矢氏の言葉を引く。「いかにも冷暖は自ら知るべきものではあるが、ただ知っただけで終わりではない。その〈知〉ったことを自らまず言語に表わし、そのことによってその〈知〉を客体化するという、この省察の過程をくぐらせることでそれを知った己の〈それ〉との関わりかたを確かめなおす——いわばこうした自己検証の鍛を経なくては、その悟りは己のものとはなりえないし、人に示し得るものともならない」。ともあれ作家は、「ディスクール」=「語る」ためにもがくものだ。

沖縄

「美術本の奥さん」が正月明け、私の無聊を慰めてくれるには格好の、美術カタログ『**女子美染織コレクション Part5 KATAZOME**』を持って挨拶に見えた。お嬢さんが嘱託職員として、編集に携わっているという。十九世紀の型紙のコレクション、型染めの小紋、沖縄の紅型、芹沢銈介を代表とする民芸作家の作品や、女子美ゆかりの作家による現代アート風の作品など、日本美術特有の洗練されたシックなデザインや色彩感覚が素晴らしい。小紋といえば、金沢県立美術館で観た加賀友禅を思い出した。職人芸の技術の巧みで粋なことこの上なかった。

戦争をめぐる沖縄を、現地を訪れて勉強している友人がいる。二年くらい前に彼女に、『**琉球紅型**』児玉絵里子（ADP）という本を送った。沖縄の美しい紅型の軌跡とともに、王朝以降不遇をかこった歴史がかいま見えた。彼女にはさらに数年前、岡本太郎の著作『**沖縄文化論——忘れられた日本**』（中公文庫）を送ったことがある。返信にていねいな手紙と、雪をかぶった美しい白い花の月桃の写真を送ってくれた。「美術本の奥さん」が言うには、月桃は臭い消しの香料として中国の病院で使われていたとか。

岡本太郎は沖縄の文化を、沖縄の人々を崇め、そのオリジナリティを尊敬していた。まっとう過ぎるほどの正論と、庶民に寄り添う姿勢が、母岡本かの子の著作を喚起させた。二十代の頃古本で読んだ、「金魚繚乱」の華麗な文体とはうらはらに、他の作品も意外に保守的な倫理観と正論が、太郎と通じるものがあった。最近読んだ**『食魔』**（講談社文芸文庫）は、昭和の古い時代制約を受けながら懸命に生きる、市井の人々を活写していた。

『沖縄文化論――忘れられた日本』

磯崎 新**『挽歌集―建築があった時代へ』**（白水社）には、岡本太郎に寄せた二つの文章がある。「荒業を演じつづけた人」では岡本太郎を「前衛と啓蒙を取り違えた日本の社会に立ち向かった人」と評している。「「青春ピカソ」一九三〇年代のパリを呼吸した太郎」ではさらにこう述べている。「太郎さんは（一九三〇年代のパリの）交流の中でピカソを支えた理論も方法もひと世代昔のものになっていることを悟ったのであろう」、「東北や沖縄への旅行を介して「日本を再発見させ」縄文の火焔土器に出会い新たな日本文化論を提示するに至る」、「こうして近代芸術を文化人類学的方法によって乗り越えたのである」。

沖縄の紅型と岡本太郎の作品、文化論、それぞれ前衛的で追随を許さないオリジナリティがある。

哲学男子

「美術本の奥さん」の息子さんが大学時代に哲学に興味があるというので、哲学や思想一般に関する本を差し上げていた。実体感があるのかないのかわからない体と、思い通りにならない体にジレンマを抱える精神のいらだたしさを解放すべく、私にとっての身体と精神とは何かの問いに答えが見つかるか、手当り次第読んでいたものだから、〇〇派も〇〇主義もお構いなしの乱読である。そのチョイスに、若い男子学生は困惑したと思う。次から次へと実存主義、構造主義、現象学、脱構築と節操も脈絡もない選択眼を持った近所のおばさんから、読んだ本を押し付けられたのである。

読んでいる当人さえつかめない思想の波に押しつぶされながら、難解な言語の洪水をかき分けてゆく。『**レヴィナス・コレクション**』エマニュエル・レヴィナス（ちくま学芸文庫）、『**明かしえぬ共同体**』モーリス・ブランショ（ちくま学芸文庫）、『**差異と反復（上・下）**』ジル・ドゥルーズ（河出文庫）、『**間主観性の現象学その方法**』エトムント・フッサール（ちくま学芸文庫）。他者が主観の中でどのように現われて自分と区別されるのか、わかったようで不明だ。身体的には、障害者である今の私にとって健常者である他者との大いなる壁がある、ただそれだけだ。

精神は自分の内奥でいかようにも変わる。

『ソシュール一般言語学講義』フェルディナン・ド・ソシュール（岩波書店）、難解だが後世の多くの哲学者、思想家に影響を与えたというソシュールの著作を、若い人なら何かしらつかんでくれるだろうとこれも押し付ける。**『明かしえぬ共同体』**はブランショが、マルグリット・デュラスの**『死の病い』**（朝日出版社）に言及していたので、図書館で借りてきた覚えがある。

ジャック・デリダの**『留まれアテネ』**（みすず書房）には不思議な魅力があった。哲学者は当然のことながらアテネにひきつけられる。マルセル・デュシャンも一九三四年四月、一九六〇年九月にギリシャ諸島を旅している。哲学や美術に携わる彼らは、かの地に赴くことで何を感じただろうか。

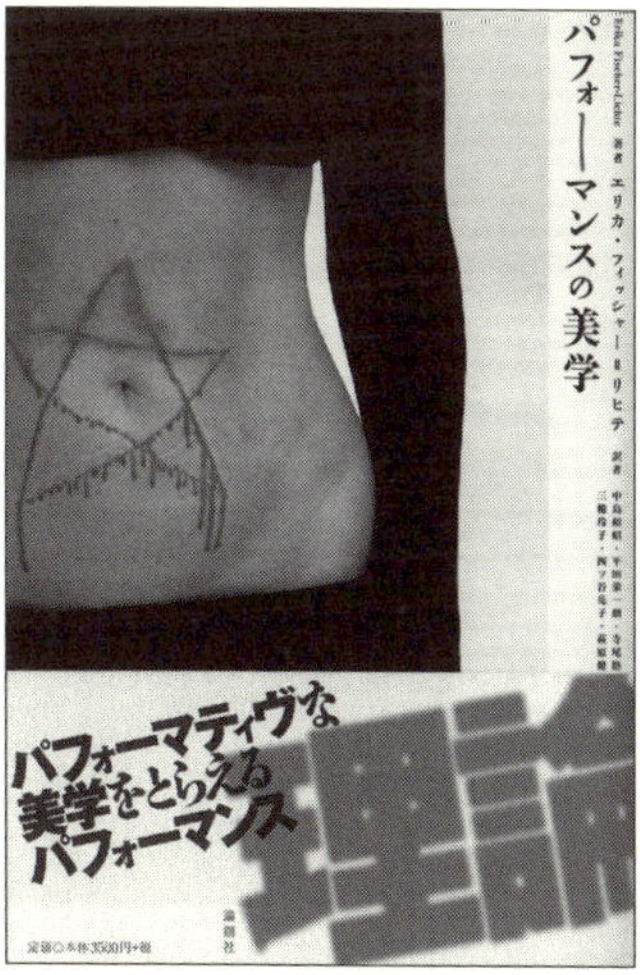

『パフォーマンスの美学』

演劇論ではあるが、一種の構造主義的な論やメディア論が展開される、**『パフォーマンスの美学』**エリカ・フィッシャー＝リヒテ（論創社）も哲学男子にあげた。この本は書写している段階で何か私に感じる所があったのだろう。「第六章　出来事としての上演」はコピーさえしてあった。「観客は知覚の主体であり知覚されるものは客体である」、「主体と客体の差異は、ここでは哲学や精神史が示すような根本的な対立としては決して現れない」、「知覚という行為によって、私たちは自らを能動的な知覚者として、また同時に客体として、みずからを経験するのである」そして次の言葉がフトンと胃の腑に落ちる。「精神は身体の中に自己存在の基盤を見出し、身体によって生み出され、そして「身体化した精神」として姿を現す。このあり方は、とりわけ現前において立ち現われてくる。現前という現象において、身体と精神という二元論的な対立概念は、人間を描くための道具としては不適格であると退けられる」。

この体になってこそ初めて意識した「身体と精神」という概念の解明には、まだほど遠い私なのである。

エロスの世界

「エロティックな動物である限り、人間は人間自身にとって一つの問題となるエロティシズムは、私たちの内部にあって問題を惹き起こす部分になっている」、「すべての問題のなかでエロティシズムは最も神秘的で最も一般的で最もかけ離れた問題である」、「エロティックな瞬間は、最も激しい瞬間である。（ただし、神秘家の体験を別にすればの話だ）それだからエロティシズムは、人間精神の頂点に位置づけられる」。

『エロティシズム』

ジョルジュ・バタイユ『**エロティシズム**』（ちくま学芸文庫）より引用。無神論者といわれているのにいやだからこそこの本は、「禁止と侵犯の歴史的分析から出発して」なおひとつのポイントは「宗教」であった。もっとも凡人にとっては、三島由紀夫が訪れていたというインドの「愛の寺」と、『**エロティシズム**』で取り上げられている世界各国のエロティックな彫像に、共通点を見出すだけで充分なのだが。

バタイユ『**眼球譚**』（河出文庫）、『**マダムエドワルダ**』（角川文庫）をだいぶ前に読んだ時の興奮そのままに、『**ドキュマン**』（河出書房新社）を読むと「眼」という文章のなかにこんなくだりを見つけた。「実際、眼に関しては魅惑以外の言葉を口にできないと思われる。動物や人間の体でこれほど魅力的なものは他に存在しない。しかし極端な魅惑は、おそらく恐怖の限界に存在するのである」、「寝転んだ子猫に見つめられていた若い男が偶然にコーヒースプーンを手にして、突如として目玉をスプーンに取りたくなるとしたら、そのような男ならば、若くて魅力的な女性のまばゆい眼を剃刀が切り開く光景に、常軌を逸するほどに見惚れたであろう」。ルイス・ブニュエル監督の映画『**アンダルシアの犬**』を眼前にしての文章である。

ここに私はエロスとは何かと大上段に構える気はないのだが、思わず読書遍歴に混じっていたものだから……簡単に付しておく。サディズムの元祖マルキ・ド・サドの『**悪徳の栄え上・下**』（河出文庫）、『**ソドム百二十日**』（河出文庫）、だいぶ前に読んだとはいえその印象はもちろん鮮烈で、へきえきするほどの残酷さ、背徳と倒錯、淫蕩ぶりには恐れ入ったものだ。それに比べれば、『**毛皮を着たヴィーナス新装版**』レオポルド・フォン・ザッヘル＝マゾッホ（河出文庫）などおとなしい方だった。こちらは正反対のマゾヒズム、鞭打ちに甘んじる青年の倒錯愛が幻想的な世界に優雅に漂う。結末が早くに読めてしまうところは、毛皮という映像にあつらえむきの小道具が効果的なので、まあ許してあげましょう。そこへいくと、『**乱交**

の文化史』パーゴ・パートリッジ（作品社）は、実際にあった史実を丹念に追っているので、まったく人間という生き物はと妙に感心してしまったりする。『**魔の山**』を図書館で何度も借り続けた時の感じは、生真面目なドイツ人という印象だったので、『**だまされた女／すげかえられた首**』（光文社古典新訳文庫）のトーマス・マンのエロスには感じ入った。中高年の愛欲、不倫という現代にも通じるテーマを、奇想でくるんだストーリーの展開、子宮の病気に苦しむ中年女の春の読書にはうってつけであった。

あまりに直接的すぎたが、『**官能小説用語表現辞典**』永田守弘編集（ちくま学芸文庫）。行為、性器などが花や果物に隠喩（?）されている事例を、事細かく取り上げている。永田氏がテレビ朝日『**タモリ倶楽部**』に出演したことがある。番組では昭和の時代から活躍した官能小説作家の名文を、女性アシスタント、タモリ、みうらじゅんが高々と朗読する。文体を鑑賞した後、永田氏が表現する側の禁じ手十手を指摘、その一つに「書いたらカクナ」。『**乱交の文化史**』とともにこの辞典、リハビリ施設の若い男性陣に寄付する。その後の行方を私は知らない。

バリー・ユアグローの『**セックスの哀しみ**』（白水社）、表題に似合わずおとなしい内容である。そのうちの一篇『**楡**』がおもしろい。「一人の女の性器が股間から飛び出して街へ繰り出す」、性器はあちこち逃げ回り、人々がつかまえようとするが、街中を混乱に陥れた後一本の楡の木に登ってしまう。セックスとは哀切漂うものなのだ。

日本人のエロス

夫が日曜日の昼間、JA系直営の産直スーパーで買ってきたムラサキサツマイモを一本取り出したところ、みごとなまでに二本がひっついて一本に合体し、セクシーなヒップになっているのを発見した。自然が作り出すエロティックな造形に感嘆するも、現実に立ち返り、やむなく二本に切り分けた。マンドラゴラの如くギャッと声を出す訳もないが、切り口が官能的にムラサキ色の表面を見せていたので急に思い出した。肝心の日本文学のエロスを伝えることを忘れていた。川端康成ノーベル賞受賞以前から候補に挙がっていた、谷崎潤一郎、そして三島由紀夫、この三人は日本のエロスの三銃士といってよいだろう。

谷崎潤一郎、明治期という時代からあれほどまでに女性の肉体美を崇め、奉った作家はいなかった。現代においても稀有な存在だろう。『**刺青・秘密**』（新潮文庫）、『**鍵・瘋癲老人日記**』（新潮文庫）、『**痴人の愛**』（新潮文庫）、『**春琴抄・吉野葛**』（中公文庫）、『**ナオミ**』（新潮文庫）、それぞれのヒロインは衣装をまとってもいなくても、官能的な美しさを見せ、読者に淫靡な美の世界の扉を開く。三島由紀夫の『**愛の渇き**』（新潮社版全集4）は、満たされぬ愛を求めてやまないヒロイン悦子の姿を描く。印象的な一文「あの喪服の美しさはどうだ」。だいぶ前、NH

ＫＢＳテレビで舟橋聖一原作の映画『**雪夫人絵図**』（一九六八年東映）を、佐久間良子のリメイク版で見たことがあるが、やはり日本女性のエロスは着物姿からそこはかとなく漂うものだ。

三島作品には、『**禁色**』（新潮社版全集４）と『**仮面の告白**』（新潮社版全集５）の男色小説がある。ロベルト・ムージルに『**寄宿生テルレスの混乱**』（光文社古典新訳文庫）という少年の同性愛の話があるが、三島の息苦しく、濃密な人間関係に比べればあまりにあっさりしすぎて、同級生の性的いじめくらい耐えられなくてどうすると、変に少年を叱咤してしまう。私は、『**金閣寺**』（新潮社版全集10）も、主人公の修行僧と金閣寺の破滅的同性愛だと思っている。体を鍛えていた三島らしくエッセイ『**機能と美**』の中でこんなことを言っている。「男の体は闘争や労働のための運動能力とスピード感と筋肉によって美しく、女の体は妊娠や育児のためのゆたかな腰や乳房や、これを包む皮下脂肪のなだらかな線によって美しい。女性美は絵画的、男性美は彫刻的だ」。思わずルノアールの描くふくよかな女性と、たくましいダビデ像を想起してしまう。

同期大学卒業だった（男性の）Ｍさんは、『**三島由紀夫の同性愛的嗜好について**』とい

『禁色』

う卒業論文を出して、謝恩会ではお肌のお手入れについて私たちイモっぽい女子に講義してくださった。今もなお、優雅に華麗に白いロングドレスに身を包み、白いバニティケースを抱えてあちらの世界でご活躍だろうか。三島といえば、前項で男色の大御所、ジャン・ジュネについて触れるのを失念していた。**『泥棒日記』**（新潮文庫）にみる破天荒かつ波乱に満ちた人生に仰天したのははるか前のことだが、永田守弘の**『官能小説用語表現辞典』**をパリに持ち込んだかのような、**『花のノートルダム』**（光文社古典新訳文庫）。仰天どころか、彼ら、彼女らに哀切にも似た共感を覚えるのはなぜだろう。三島はジャン・ジュネを激賞していた。

川端康成の**『雪国』**（新潮日本文学アルバム16）の有名な冒頭シーン、「国境の長いトンネルを抜けると雪国であった」。端的な一文ですべての光景が映画のように浮かび上がる。十年以上前、公民館の習字講座に冬場通ったことがあった。女性講師が「『雪国』の冒頭の文章は硬筆のテキストによく使用される。「国」の角張った字と間に挟まれたひらがなの「の」が、バランス良く使われているからだ」とおっしゃっていた。おそらく昔の活版印刷の植字工さんも、その絶妙なバランスが生み出す活字群の美しさにほれぼれとしたのではないか。駒子と島村の織り成す物語も切なく美しい。二人が一夜を共にする。場面はあくまでさりげなく、宿の粗末な布団や夜着に、互いの温もりがほのかに残る程度に過ぎてしまう。日本人のエロスの骨頂である。

『片腕』というエロティックでシュールな短編がある。**『川端康成集　片腕―文豪怪談傑作選』**

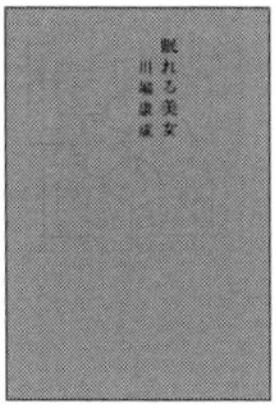
『眠れる美女　少女の文学―』

（ちくま学芸文庫）。ある男が若い女から片腕を一晩借りて持ち帰り、一夜を過ごす。妄想にふけりつつ、自分の右腕を肩から外して娘の腕と取り換える。そこの殿方、思わず今宵、自分の右腕を確かめたのではありませんか？　確か女優の山本富士子だったと思うが、二〇〇二年日本経済新聞の「私の履歴書」でこんなことを書いていた。「座談会で川端先生とご一緒したが、先生は対談中ずっと私の手をなでていた。困惑したが、されるがままにしていた」と。フランソワ・トリュフォーが足フェチなら、川端康成は手フェチか。

川端文学の究極のエロスは**『眠れる美女　少女の文学―』**（プチグラパブリッシング）だろう。奇妙な宿がある。美少女が眠っているかたわらで、老人たちは添い寝するだけを許される、という一夜を過ごす。老人たちは少女の肉体の向こうに、自分の性愛をめぐる過去を蘇らせる。この小説が発表された当時、こんな宿に通いたいと妄想した中高年男性は多かっただろう。今は何でもありの時代だ。この小説のなかでさえ、睡眠薬の過剰摂取で命を落とした少女がいる。現実の世界はもっと恐ろしい。エロスをもてあそぶと、代償を払わされるということか。

アゴタ・クリストフ

何回でも読み返したい作家がいる。読者にとっては中毒症状みたいなものだ。日本文学でいえば、夏目漱石、谷崎潤一郎。漱石はたいていの日本人が若い頃『**坊ちゃん**』（新潮文庫）、『**吾輩は猫である**』（新潮文庫）から入って、明治の彼方からやってくるユーモアを堪能しただろう。思索にふけりたい人は『**草枕**』（新潮文庫）、不思議な異次元の世界へと誘う『**文鳥・夢十夜**』（新潮文庫）。まだ退院間もなく、不安定な体で家の中でさえ転んでいた頃、今より朝起きるのが早くなかったせいか、夜慰みの読書として漱石に凝った。なぜだかわからない。まだ読んでいないと気づいたのかもしれない。だいぶ前に読んだ『**三四郎**』（新潮文庫）の続きを欲したのかもしれない。『**それから**』、『**彼岸過ぎまで**』、『**行人**』、『**明暗**』など立て続けに読んだ。いずれも新潮文庫で手に入る。日本では知的欲望を文庫で満たすことができる。漱石の恋は当時の市井の人々にとって近代への扉であるばかりでなく、現代人にも通じる人間の懊悩、葛藤を描く。ちょうどその頃、NHK BSテレビで映画『**それから**』（森田芳光監督、一九八六年東映）を見た。感情を極力抑制した松田優作の演技が印象的だった。

梶井基次郎も再読したい作家だ。若い頃読んだ『**檸檬**』と併せて他の作品も読む。『**梶井基**

次郎ちくま日本文学28』（ちくま学芸文庫）。繰り返される内省、繊細な感受性と片付けられない野太いほどの精神力。書店に入って平積みの書籍の上に、檸檬を置き去りにしたくなる人は多いはずだ。その檸檬から押さえられた強い生命力が爆発するのを見たいはずだ。

バルザックの『**ゴリオ爺さん　上・下**』（岩波文庫）とフローベールの『**感情教育上・下**』（岩波文庫）を急に読みたくなったのは、金沢での読書を思い出したからだ。寒くなる晩秋から春先までは、雷雨にあられや雪が混じる荒天の屋外を、部屋の窓から眺めやって、食事や入浴をそそくさと済ませ早めに布団にもぐりこむ。この季節にはバルザックとフローベールを夢中になって読んでいた。千葉に戻ってからも、古本の『**ボヴァリー夫人**』のページを再三繰った。他にもディケンズ、オスカー・ワイルドなど外国文学でも何度読んでも飽きない作家は数知れないが、アゴタ・クリストフもそのうちの一人だ。二〇一一年八月脳出血で入院中、彼女の訃報を新聞に見つけた時はショックだった。

世の人と同様、私も『**悪童日記**』（早川書房）から入った。残酷な現実に立ち向かう双子の冷静な立ち居振る舞いは、きれいごとで物語の結末を片付けようとする現代作家の目を覚まさせたはずだ。『**悪童日記**』とともに三部作を成す、『**ふたりの証拠**』、『**第三の嘘**』（ハヤカワepi文庫）、他に『**昨日**』、『**どちらでもいい**』（ハヤカワepi文庫）、いずれも厳しい環境を淡々とやりすごす人々の日常が、ヨーロッパの大気以上に乾いた心持ちで描出される。

『悪童日記』

アゴタ・クリストフは、一九五六年のハンガリー動乱によって難民状態でオーストリアに脱出し、スイスへ移住する。ここがフランス語圏ヌーシャルであったため、ハンガリー語では芽が出なかった彼女は、一からフランス語を学習しフランス語で書くことを決意する。自伝の**『文盲』**（白水社）でその辺の事情を語っている。

マリー・グリュセックの**『警察調書―剽窃と世界文学』**（藤原書店）で言及があり、興味があったのでダニロ・キシュ**『庭、灰』**を読む。**『庭、灰／見えない都市』**ダニロ・キシュ／カルヴィーノ（河出書房新社）。アウシュビッツで父を亡くした悲惨な彼の自伝的小説である。独裁国家やナチスに追われた多くの人々、とりわけ芸術家は自分のアイデンティティーを必死に保とうとした。故国を追われるという運命に翻弄されながら、見知らぬ土地で生きてゆくために、その国の言語を取得し、その国の習慣に溶け込もうと努力した。

だいぶ前のＮＨＫラジオフランス語会話応用篇で、**『悪童日記』**が取り上げられたことがある。アゴタ・クリストフ作品の翻訳家である堀　茂樹の解説は、氏の端的な日本語訳と同様的確で、何より原文に当たるということができるというのは幸せだ。フランス語としてのレベルがどうかはどうでもよいことで、アゴタ・クリストフの現在形の文体は簡潔なだけに心に響く。現在という臨場感を狙ったものではない。現在形であるのに現在の事象でなく、事実か否か不明であるとともに、読者にとってどうとでも解釈できる「謎に満ちた真実」を包含する。

そう、真実はどこにも存在しない。自己に内在するもののみがアゴタ・クリストフの真実なのだ。

ナボコフ

ロシアの作家ナボコフといえば、**『ロリータ』**（新潮文庫）である。パリ、オリンピアプレスから一九五五年に出版され、少女をたぶらかした挙句に死ぬ中年男の物語は、世界中で物議をかもした。ヘンリー・ミラーの小説**『北回帰線』**（新潮文庫）と同様、性的表現が過激だとして発禁処分を受けた。オリンピアプレス自体、おもしろい出版社なのだが、（**『オリンピアプレス物語』**ジョン・ディ・セイントジョア（河出書房））、ナボコフが世に知られるようになったお膳立てとしては充分だろう。

もちろん他の作品も魅力的である。**『ロリータ』**の原型ともいえる**『カメラ・オブスクーラ』**（光文社古典新訳文庫）、保険金殺人というミステリー仕立ての**『絶望』**（光文社古典新訳文庫）、文学者としての文学講義を小説仕立てにした意欲的な作品

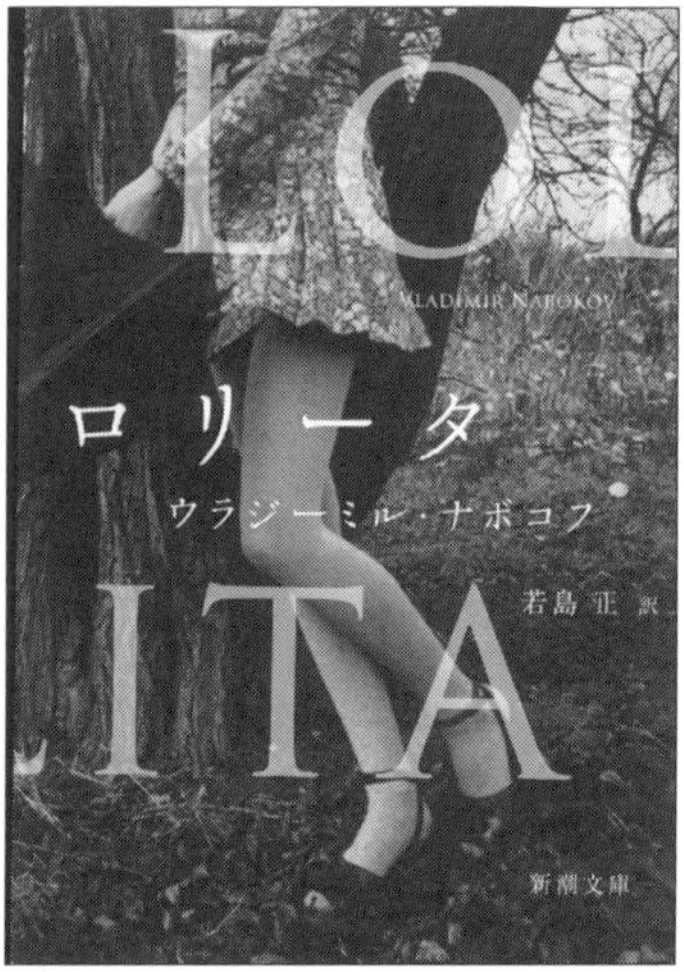

『ロリータ』

『**青白い炎**』（ちくま文庫）、カーネル大の学生に「小説を読むのはひとえにその形式、その想像力（ヴィジョン）、その芸術のためなのだと私は教えてきたのである」と説く、『**ナボコフのロシア文学講義　上・下**』（河出書房新社）など多彩で、『**ロリータ**』だけのイメージだけで片付けてしまうのは惜しい。

激動の人生であった。裕福な家庭に生まれるも、一九一九年革命を避けて出国しベルリンへ。一九三七年ナチス支配のドイツからフランスへ移住。その間父親が暗殺された。一九四〇年渡米、一九四五年にアメリカに帰化している。アメリカではコーネル大、ハーバード大で文学や蝶に関する講義と研究を行っている。一九七七年スイス、モントルーで死去。

小説『**賜物**』（河出書房新社）には父のこと、蝶のことなど自伝的な要素が投影されている。世界各国を転々とするデラシネのようにみえて、ロシアを多くの言語を蝶を愛し、生きんがため芸術としての文学の高みを極めた生涯であったことがわかる。

ル・コルビュジエの言うとおり、○○様式と建築をくることが無意味なように、文学も○○派とか○○主義などとカテゴリー分けするのは意味のないことかもしれない。しかし、その国特有の文化は厳然として存在する。たとえばラフマニノフの『**ピアノ協奏曲第三番**』の演奏を、ホロヴィッツ、アルゲリッチ、アシュケナージそれぞれの技巧と解釈によって堪能するのは一興だが、エフゲニー・キーシンのピアノにロシア魂とロシアの大地の息吹を感じるのはなぜだろう。ドストエフスキーの『**罪と罰　上・下**』（新潮文庫）、『**カラマーゾフの兄弟　上・**

中・下』(新潮文庫)とトルストイの『**アンナ・カレーニナ　上・中・下**』(新潮文庫)、『**戦争と平和1〜6**』(岩波文庫)を読み比べて、二人の作家の資質の違いよりも先にロシア文学に身を委ねているという、身体感覚を覚えるのはなぜだろう。

二〇〇八年三月八日に、毎日新聞主催の「毎日文学フォーラム」に出向いたことがある。この回のトークセッションは、二人の翻訳者が招かれ、ロシア文学から亀井郁夫氏、フランス文学からは野崎　歓氏で『**カラマーゾフの兄弟**』、『**赤と黒**』を解説しながら、ドストエフスキーとスタンダール、ロシアとフランスの作家の異質性・同質性を説いていた。毎日新聞から渡されたグレーのA4サイズ封筒の裏に、亀井氏の『**カラマーゾフの兄弟**』、『**悪霊**』、『**罪と罰**』の解説を鉛筆で必死にメモしていたのだが、不思議なことに記憶にあるのは、亀井氏がプーシキンの『**スペードの女王**』(岩波文庫)を評したたった一言なのである。

「それにしても不思議な作品ですね」。

ナボコフはドストエフスキーを嫌っていた。生理的に受け付けないのではないかと思うくらい嫌っていた。まるで私が村上春樹を受け付けないのと同じように。反面プーシキンを尊崇し激賞していた。『**ナボコフの文学講義　下**』(河出書房新社)「文学芸術と常識」にこんなくだりがある。「「事実」と呼ばれている馬鹿げた欺瞞的な性質のもの」。ドストエフスキーのリアリズムへの批判を、ナボコフ流に示唆したものだろうか。いずれにしろそんなにドストエフスキーを嫌わなくてもと思うのだが、プーシキンの『**スペードの女王**』とドストエフスキーの

『**賭博者**』（新潮文庫）を比べると、ナボコフの好みの違いと言い切れない、二人の作家の差が浮かび上がってくる。カルタ片手の『**スペードの女王**』の主人公ゲルマンは、夢か現か摩訶不思議な妖美な世界のなかで突然転落する。かたやルーレットで身を滅ぼす『**賭博者**』のアレクセイは、破滅的リアリズムで描かれる。圧倒的にプーシキンの魅力が勝るだろう。そこには、ナボコフが重視する小道具、仕掛けといったさり気ないディテールが文学の重大性を決定づけるということが、凝縮されている。

ナボコフが『**ロシア文学講義　下**』でチェーホフの『**犬を連れた奥さん**』について批評している。ディテールが一つの文学に収斂されてゆく様を詳説している。（『**可愛い女・犬を連れた奥さん**』（岩波文庫））。「ここで初めて現れるのは、きわめて簡潔に描かれた自然の細部によってその場の雰囲気全般を暗示するというチェーホフ独特のやり方である」、「床一面に敷きつめてある灰色の粗末なラシャや、まっしろに埃の溜まったインキ壺や片手で帽子を高く差し上げているが、人物の首は欠けている騎馬像などに目をとめるのである。これだけのことなのだが、

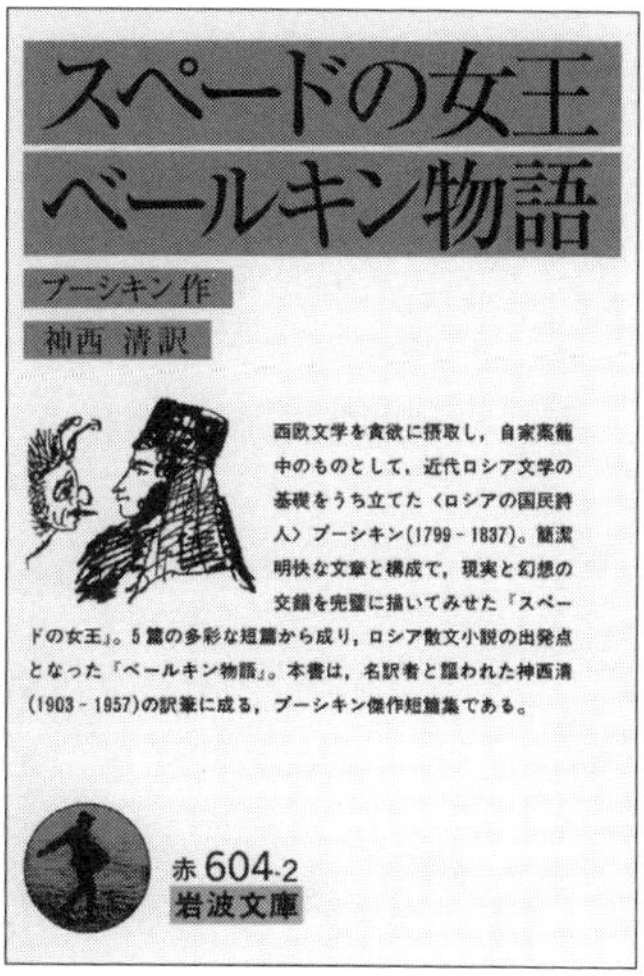

『スペードの女王』

真の文学においてはこれがすべてなのだ」。そしてナボコフ自身の小説に表れている特徴を示すものとして、『**犬を連れた奥さん**』の典型的な特色をまとめた六つ目の項にこんな言及がある。「この短編には結末がない。なぜなら人間が生きている限り、その悩みや望みや夢には明確な結論というものはあり得ないから」。『**賜物**』ではこうも言っている。「時間はそもそも存在しない。すべてはある種の現在であって、それは目に見えない人間の外にも光があるのと同じように存在している」。ある種の現在＝今を、結末のない答えを見つけようともがき、苦しむ。それが人生だ。

白

秋にふさわしく『**印象派のミューズ―ルロル姉妹と芸術家たちの光と影**』ドミニク・ボナ（白水社）を読む。十九世紀末のパリ、画家としての目利きと実業家としての財力でもって、ルノワールやドガなどの印象派画家を庇護し、作品収集に力をいれたアンリ・ルロルの二人の娘、イヴォンヌとクリスティーヌの波乱の生涯を軸に、ルロル家のサロンに集った芸術家たちを追う。娘たちか芸術家かどちらかに絞ったのではないため焦点がぼかされ、またセンチメンタルな甘さが全体に残るので、書物としての価値は並み程度だが、表紙の絵には心魅かれる。ルノワール「ピアノに向かうイヴォンヌとクリスティーヌ・ルロル」、白と赤の衣装をまといピアノを弾くルロル姉妹である。この時代、ピアノを所有し、ピアノを弾く

『印象派のミューズ―ルロル姉妹と芸術家たちの光と影』

子供がいるということは、ブルジョア家庭の象徴であったという。偶然だが、この年リビングの食器棚にくくりつけていた、二〇一五年のJX日鉱日石エネルギーのカレンダーの十二月は、ルノワールの「ピアノを弾く若い女性」であった。白い顔、鍵盤をすべる白い手、さらに一層たっぷりとした質感の白いドレスが豊かに流れ、ピアノの音とともにこぼれてくるかのようだ。

印象派の絵画はバブルの頃、東京のデパートでよく展示されていた。絵画鑑賞の受容には当時の日本は幼稚だったためか、海外の美術館のキュレーターも日本の学芸員も、日本で展示するならとりあえず印象派という雰囲気が蔓延していた。しかし私にとっては若い頃観た印象派と、十五年以上経って中年女になった時点で観る印象派とはまるで違っていた。二〇〇二年春先に千葉県佐倉市の川村記念美術館で観たモネの「睡蓮」は、タッチは激しく、色調は暗い。水面を覆う睡蓮の葉の裏側には、まるで人生の陰と陽がひっそりと隠されているかのようだ。私は一体モネの何を見ていたのだろうと、衝撃を受けた。二〇〇三年九月二十六日には千葉市美術館で、大原美術館所蔵名品展を鑑賞、モネの「積みわら」とルノワールの「泉による女」を観ている。ルノワールの女は引き締まった乳房の下に、なだらかにふくよかな下腹部が続く。下半身は白い布で覆われている。彼女を見て思わず「もう自分は若くない」と、妙に卑屈な気分になる。

ＮＨＫ Ｅテレフランス語会話で、シャンパンで有名なランスの案内が流れた時、番組ナビゲーターの俳優渡部豪太が、ランスにあるレオナール・フジタのアトリエと埋葬されている礼拝堂を見たいと言っていた。それで思い出した。レオナール・フジタの乳白色を。二〇〇八年十一月二十五日東京上野の森美術館で、「没後40年レオナール・フジタ展」を私は観ていた。裸婦の全身にまとわりつく噂の乳白色は、目が痛くなるほどに眩しい。表面に残存するタルクは、後に和光堂のシッカロールだと判明した。

エコール・ド・パリの旗手、藤田嗣治の生涯は波乱に満ちたものだった。一九三一年の渡仏、印象派を吸収しようとしていた彼は、時代は既にキュビズム、シュルレアリスムへと動いていたことを痛感し、衝撃を受け、独自のスタイルや手法を模索し徐々に確立してゆく。面相筆で描く線とシッカロールを混ぜた乳白色が、彼の武器であった。一九四〇年戦火を逃れてパリから日本へ帰国、従軍画家として「アッツ島玉砕」などを残すが、戦争の悲惨さを後世に伝えようとした彼の意図とは裏腹に、戦争に協力したという批判を浴びた。「日本に捨てられた」と絶望し、一九四九年日本を去った。一九五五年フランス国籍を取得、一九五九年カトリックの洗礼をランスの大聖堂で受け、レオナール・フジタとなる。これ以降、キリスト教に由来した作品や宗教画が一気に生み出される。フランスから日本を俯瞰しながら、戦争と平和、キリスト教を思索し、作品に結集させた。

うっかり失念してしまったが、二〇〇八年に「池田満寿夫知られざる全貌展」が開かれているので、千葉市美術館で私が観たのもその年なのだろう。手元に「聖なる手1」一九六五とプリントされた美術館で購入したハガキがある。赤と黒に分断された上下に、本を挟む組んだ手が描かれた絵だ。画家、造形作家、作家と岡本太郎同様、マルチな芸術家だったことが作品から窺えた。また二人とも、そのマルチタレントぶりがかえってアダとなって、日本において正当に評価されていない。特に池田満寿夫は一九九七年六十三才という脂がのりきっていた若さで亡くなったことも、本当に惜しまれる。「般若心経シリーズ」の石のオブジェを観た時に、一層その思いが募った。般若心経の文字列を単に立体的に造形したのではなく、一体一体まるでお地蔵さんが村を守っているような、地についた力強さと無作為な祈りが感じられた。石は灰色だったか肌色だったか、いや私には白く神々しく光輝いて見えたのだった。

まだ五体満足だった頃、仕事がない朝家事がひと段落してから、般若心経を書いていた。墨をすって薄っぺらな半紙に自分で罫線を引き、何も考えずに臨写する。他者と比較するな、何事にもこだわるなという教えを割れた筆で落とし込む。脳出血で入院していた時、言語のリハビリの先生の勧めで、般若心経を書いた。書き上げてから、同室のお婆さんたちが見せてくれと言い、また褒めてくれた。私はなぜ彼女たちが褒めてくれるのか理解できず、気恥しかった。利き手でない左手でボールペンを使い、毎朝字を縦書き、横書きと練習して病後二か月も経っていなかったと思う。おせじにもうまいとは言えない左手での手習いを褒めてくれる人がいる。私はしびれてびくともしない利き手の右手を持て余しつつも、これこそ般若心経の力と思った。何事にもこだわらない、何の偏見もない純粋な気持ちを、彼女たちが私にくれたのだ。

池田満寿夫展から家に帰宅後、食器棚の下段にしまい込んだ銅製のお盆を引っ張り出した。

二十代の頃よく買っていた化粧品メーカー、マックスファクターのプレミアムの景品で女の顔が彫ってある。池田満寿夫のエッチングなのだ。前途に何の障害もないと信じて疑わなかった頃、お盆の彼女のように美しい年代を享受していた頃からすると、今の自分の情けなく、弱った心と体は想像もできなかった。ルノワールの白、レオナール・フジタの白のように無垢で、そして池田満寿夫が作陶した般若心経のように達観した世界に、この私の心と体が到達することができるだろうか。

ラテンの血

コロンビアの作家ガルシア・マルケスの『**族長の秋**』（新潮社）を読んだのは、十五年近く前のことだったか、欧米の小説にはない時空感覚、奇想天外な着想、善悪の倫理を超越した登場人物は衝撃だった。続いて、『**物語の作り方―ガルシア・マルケスのシナリオ教室**』（新潮社）、『**予告された殺人の記録**』（新潮文庫）などぽつりぽつりと読んでいたが、チリ生まれの作家ロベルト・ボラーニョ『**２６６６**』（白水社）に当たってふと思い立ったように、またガルシア・マルケスを読みだした。

『エレンディラ』

『**エレンディラ**』（ちくま文庫）は祖母が物語を彼に語って聞かせたという幼少期の体験が、素朴に表れた短編集。ブエンディア一族の歴史を幻想的に語る『**百年の孤独**』（新潮社）、国家や体制を特定せず、登場人物に破滅的な人生を送らせることによって反体制を隠喩する闘いの文学である。ボラーニョの『2666』からガルシア・マルケスを想起したのは、このためだったのかもしれない。

ペルーの作家バルガス・リョサの『緑の家』（岩波書店）を読んだのは十年近く前か。一括りにはできないほど多彩な作家が、ラテンアメリカ文学には存在するが、登場する女たちはたくましくそしてよくしゃべる。物語がどんなに悲惨な結末を迎えようとも、魅力的な女たちの生命力に、明日を生きようという力を与えられる。

アルゼンチンの詩人ボルヘ・ルイス・ボルヘスの詩集『永遠の薔薇・鉄の貨幣』（図書刊行会）を八年くらい前に読んだきりだったので、退院直後『伝奇集』（岩波文庫）を読む。その後再び詩を読む。詩集から心に留まった詩をノートに私は書いていた。彼の詩は、圧政の体制下にある抑圧された人々を、崩壊した国家を直接的に描く。「一九七二年」という詩から詩句を抜粋する。

私の日々に何事かを　何者かをお遣わしくださいと
願いは叶えられた　それは祖国だった

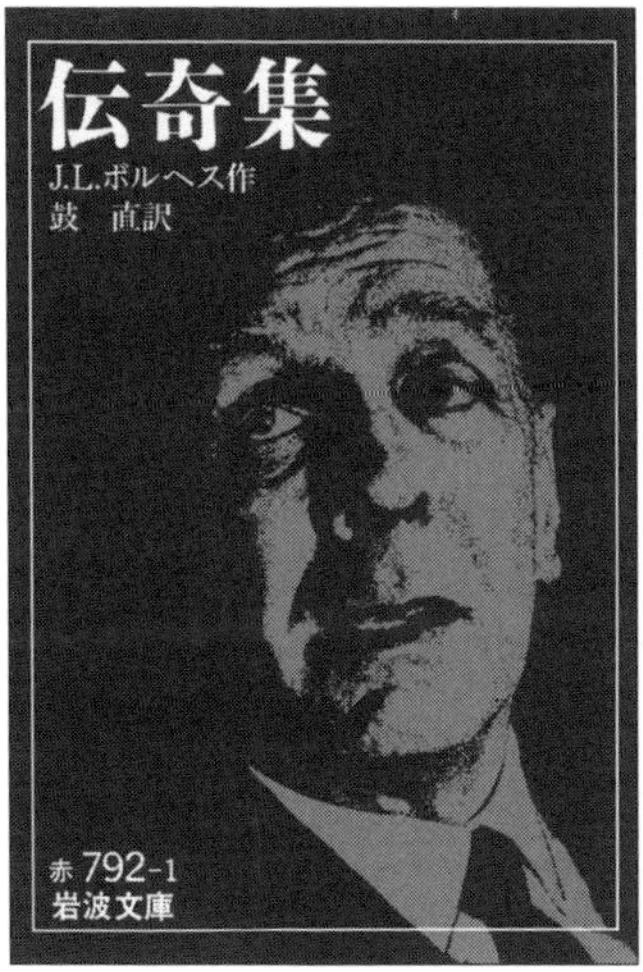

『伝奇集』

長い
追放や困窮　飢えや戦いを通じて
私の家の者たちは祖国に仕えてきた
（略）
私は盲目の身　すでに七十歳を過ぎている。
（略）
今は潰された祖国が私に望むのは
（略）
この文法学者のつたない筆によって
偉業にまつわる華やかな言い伝えを掻き寄せ
私の場所を得ることなのだ　今しているとおり

欺瞞と不条理に満ちた現実世界と対峙し闘い、挫折してゆく南米大陸の民の苦悩や絶望感を代弁する。

メキシコの詩人オクタビオ・パスの詩は、内省的かと思うと、ロマンティックにまるで小説の世界に入り込んだかのような錯覚を覚える。『**オクタビオ・パス詩集**』（土曜美術社出版）「午後7時」から詩句を抜粋する。

あの血はいくつかの白い頸から
飛び出る時には美しい
あの血のなかに浸れ——
犯罪は神々を作るのだ
そしてその男は足どりを速め
発車時刻を知っている——まだ
電車に間に合う時刻だ

「街路」から詩句を抜粋する。

長くて物音ひとつしない街路
ぼくは暗闇を歩いてつまずき、倒れて
立ち上がる　そしてめくら滅法に
無言の石と乾いた木の葉を踏んで歩く
そしてぼくの後の誰かも石と木の葉を踏んでいる——
ぼくが立ち止まると　彼も立ち止まる
ぼくが走ると　かれも走る　ぼくが振り向いても　誰もいない

何もかもが暗くて　ドアもない
そしてぼくが街角をいくつ回っても
その街角はいつも同じ街路へと通じていて
そこではぼくを待つ者はいないし　ついて来る者もなく
そこでぼくが一人の男を尾行すると　かれはつまずいて
立ち上がり　ぼくを見ると話しかけるが　誰もいない

エドガー・アラン・ポーの短編小説を彷彿とさせる。
オクタビオ・パスの「鏡」とボルヘスの「鏡に」を比較してみよう。オクタビオ・パスの「鏡」は夜の描写から始まる。

夜が
目撃者のいないうつろな時間が
爪と沈黙の夜があり
日々に囲まれた氷島があり
誰もいない孤独だけの
増殖する夜がある

（略）
夜の頸にかけられた不眠の炎のネックレス
人は自分から自分へと帰り
冷静な鏡に囲まれたひとつの顔が
ぼくの顔を反復し
ぼくの顔がぼくの顔を偽装する
（略）
ひとつの仮面から別の仮面へと
人は常に最後からひとつ手前の自我を求める
ぼくはぼく自身のなかに沈み自分の体の触れることはない

自分を映し出すという鏡本来の機能の中に、自己を内面から見い出そうとする。同じ鏡がボルヘスとなると、より現実的に自分を被写体としてつかむものとして存在する。映し出すものは自己だけでなく、未来の他者へと広がる。それは連綿として続く無辜の民の歴史であり、ラテンの血の系譜であるかのようだ。「鏡に」を引く。

休むことを知らぬ鏡よ　なぜそのように執拗なのか

摩訶不思議な兄弟よ　私の指の
微かな動きを　なぜ複写するのか
闇のなかで不意に　なぜ映し出すのか
お前はギリシア人のいうもう一人の私であり
絶えず待ち伏せているのだ　不確かな
水と永遠の水晶の滑らかさのなかで
お前は私を捜し続ける　盲目であることも無益だ
お前を見ることなくしてお前を知ることは
われわれであり　われわれの運命を含むものの
数を増殖してみせる魔法への恐怖を　一層募らせる
私が死ねば　お前は別の人間を複写するに違いない
そのあとはまた別の　別の　別の　さらに別の人間を

建築家

二十代後半結婚直前に、いつも一人旅の私にしては珍しく、大学時代の友人と二人で会津旅行に出掛けた。福島県郡山市にあるいわゆる擬洋風建築の、開成館を見学したように思う。一八七四年（明治七年）に建てられた洋館で、凛として質素な当時のモダン感覚が伝わった。訪れた時が初冬だったせいか、東北特有の冷たい空気に包まれ、明治期の冬はさぞかし一層寒さが堪えたのではないかと想像される。というのも、それから二十年近く経ってから、NHK教育テレビの番組で「建築探偵」藤森照信氏が語っていた、ある地方に建てられた洋館について、印象的なくだりがあったからだ。いわく、主邸の洋館は寒くて近接して建てた日本間の六畳に、家人はひしめき合って暮らしていたと。

外観のみ西洋建築を真似て、内装は日本の気候や慣習をほとんど考慮しなかった洋風建築を見直したのが、藤井厚二の実験住宅の数々である。そのひとつ第五回住宅、聴竹居（一九二八年昭和三年京都市大崎）の端正な美しさを、**『聴竹居　藤井厚二の木造モダニズム建築』**松隅章（平凡社）で伺い知ることができる。「その国の建築を代表するものは住宅建築である」（**『日本の住宅』**）と唱えた藤井が実現したのは、日本の気候、風土、慣習に適した構造を備えた住宅であった。建物の構造ばかりでなく、機能性、デザインの統一性を考慮した造り付け家具が多く、また自らデザインしたテーブルや椅子、藤井が清水焼の陶工、川島松次郎の協力によって制作したいわゆる藤焼の花器、日常食器、雑器など生活の用の美とともに一体化したシンプルな造りである。また、細部に渡って環境工学に基づき、日本の風習、気候にふさわしい工夫がなされている。たとえば、クルチューブ（通気口）で熱のこもりを防ぐ。ゴミの処理が簡便なダストシュート、現代のカウンターキッチンに通ずる台所と食堂をつなぐ小窓とカウンターハッチ、オール電化の発想など、当時としては画期的だったろう。十代の終わりに京都に一年ばかり住んだことがあるが、夏の地熱からはい上がる暑さと、冬の底冷えは盆地特有のもので、暮らしにくかったものだ。藤井はル・コルビュジエと一歳違いというが、彼のモジュールの発想と、また彼らより一世代前のアドルフ・ロースの装飾を嫌い職人の技術を重んじた姿勢は藤井と通底するものがある。ブルーノ・タウトは聴竹居を訪れ、優雅で快適かつ革新的と日記に記している。

『聴竹居　藤井厚二の木造モダニズム建築』

アドルフ・ロース『**にもかかわらず**』（みすず書房）を読む。世紀末ウィーンから活躍し、当世の文化や芸術に対しても批評活動を行った。自ら建築家と呼ばれることを嫌い、ひいきの椅子職人の死を痛切に悼んだ。『**にもかかわらず**』の「建築」の章より引く。「建築家はほとんどの都市住民がそうであるように、文化をもっていない」、「建物はあらゆる人に気に入られなければならない。この点見るものすべてに気に入られる必要はない芸術作品とは異なる。芸術作品は芸術家の個人的な嗜好によってつくられる。だが建物はそうはいかない」。

『にもかかわらず』

　建築家はよく語る。磯崎 新もそうだが図面から起こし、建物となって実現したあとでもなお、まるで自分の建築哲学が正当かどうか確実にするため、弁解をする強迫観念にかられているかのようだ。彼らが空間に建物を建て、時代という時間概念に翻弄されるからだろう。大量生産、大量消費と標準化、二十世紀はこの社会的現象にいや応なく振り回され、建築家は自身の思想と、実現した建築物に整合性はあるのか、なおかつ建築は芸術たり得るのか自問し続けたに違いない。

『**ライト　仮面の生涯**』ブレンダン・ギル（学芸出版社）を読む。アメリカの建築家フランク・ロイド・ライトの伝記である。膨大な資料と文献を渉猟している野心的な伝記だが、虚栄心が強く傲慢なライトの波乱に満ちた生涯に呼応したのではあるまいが、どうもジャーナリストの書く文章は品性と深遠さに欠ける。とはいえライトの伝記の決定版と言ってよいだろう。

肝心のライトが語る「言語」は、当人の資質か実体が見えてこない。「有機的建築とは自然な建築である」、「有機的建築とは格式ばった建築ではなく、人間を反映できる建築であり、人間に仕えることを求める建築であり、人間を管理しようと必死の権力を目指すものではない。有機的建築とは民主主義の建築だと言えるよき理由が一つここにあるのだ」。

ライトは自身を唯一無二の存在とみなしていたためか、ル・コルビュジエらヨーロッパの建築家を敵視していた。ところがライトはミース・ファン・デル・ローエに対しては独自性ある建築家として認識し、ミース・ファン・デル・ローエもまたライトの才能を激賞している。フランツ・シュルノ『**評伝ミース・ファン・デル・ローエ**』（鹿島出版会）より引く。ベルリンでライト作品展を観、一九四〇年アメリカでその時の印象を書いたものである。「この偉大な巨匠の作品は、並々ならぬ力を持った建築の世界を、明澄な語り口を、そして当惑するほど豊かなフォルムを示していた」、「ここに再び長い空白のすえ、真に有機的な建築が開花したのだ」、「この最初の出会い以来われわれはこの稀有な人物の発展を見守ってきたのである」。もっともライトとミース・ファン・デル・ローエは強い個性のぶつかり合いの末、仲違いしたのだが。

書物としてのフランツ・シュルノの評伝の印象は、ミース・ファン・デル・ローエの年代に応じた建築様式の変遷を、研究者らしく丹念に追った力作である。その様式を各時代の美術・哲学思想の型にはめようという嫌いはあるが、ミース・ファン・デル・ローエが追い求めたモダニズムを解明している。鉄とガラスの合理主義的な芸術家であった彼は、本来寡黙であったため、思想を語る言葉はそう多く残っていない。アメリカでの言葉、「建築はカクテルではない」、「建築とは何かを知ることに私は五十年費やした、半世紀だ」。そして、近代建築家の三大巨匠のもう一人、ル・コルビュジエが一九五五年に完成させたロンシャン教会堂を目の当たりにして、「ル・コルビュジエは注目すべきだ。偉大な芸術家であるから」、「彼は芸術作品を作っているのだ。しかし私は……ニューヨークのど真ん中にこの教会を建てようというのは不可能だと思う」。

テレビ東京、土曜日夜十時放映の『**美の巨人たち**』に、黒子の双子のモジュール兄弟が、ル・コルビュジエのマルセイユ、ユニテ・ダビタシオンを案内したのは、この本を読んだ後だったか。ル・コルビュジエ生誕百二十年を記念した『**伽藍が白かったとき**』（岩波文庫）を。印象的だったのに何が書かれていたか覚えていない。こんな読み方をしていたらだめだ。エスプリ・ヌボー誌に掲載されたものをまとめた『**建築をめざして**』（鹿島出版会）を読む。「建築は何々様式とは何の関係もない」、「平面（プラン）は原動力である」、「美しい形、さまざまな形、幾何学的な原理による統一、深いところでの調和の伝達、それが建築である」、「住宅は住むための機械である」、「建築は標準の上に働きかける。標準は理性そのものだ……建築はたいへん威厳のある芸術である」。『**人間の家**』につながる量産住宅についての予見は、現代の住宅建築を示唆する言葉として興味深い。「量産住宅に住む精神状態をつくり出さなければならない。一生に一度少なくとも一つの詩を作ることだ」。

『**人間の家**』ル・コルビュジエ、フランソワ・ド・ピエールフウ共著（鹿島出版会）を読む。都市計画全体から考えた庶民の住生活が、ル・コルビュジエのスケッチからも窺える。標準寸法（モデュール）を建築要素とし、大量生産方式で家を建てることの必要性を、都市環境家族計画の観点から唱えた。

十九の時に中退した女子大の課外旅行で、明治村に行ったことがあった。ライトが建築を企てた帝国ホテルは一九六七年に取り壊され、正面玄関だけが明治村に移転されたというが、まったく覚えていない。多分私は当時ライトの名すら知らなかったろう。今私は大量生産、大量消費の時代に、典型的な郊外のマンションに住み、リビングの窓から冬枯れの欅越しに、沈む夕陽を見ている。

音楽

　脳出血を患って退院した直後、近所の奥さん三、四人が一様に涙ぐんで「本当に良かった」と言ってくれた時、ああ、私は重篤な病気をしたのだ、周りの人に罪作りなことをしてしまったと初めて自覚した。その頃はまだ頭もふわふわしていたし、何より半身の不安定な体だったせいもあって家事も覚束ない状態で、ＤＶＤにとりだめていた海外ドラマを合間に見ていたくらいの生活だった。最初はたいして見る気もなかったＮＨＫ　ＢＳテレビで放映されていた映画に、ことのほか感動したのを覚えている。映画は三本、全編ジャズが最後までご機嫌に流れていた。次から次へと繰り出されるジャズの名曲に、生き長らえて良かったと心から思った。まずは一九八六年（アメリカ・フランス）ベルトラン・タヴェルニエ監督、ハービー・ハンコック音楽の『**ラウンド・ミッドナイト**』、サックス奏者デクスター・ゴードンがディル・ターナーなるアル中のサキソフォーンプレーヤーを演じ、レディ・フランシスという子持ちのイラストレーターの男性にサポートされ、何とか演奏活動をつづけながらも最後は孤独な死を遂げる。ハービー・ハンコック自身もエディという役を演じている。ジャズクラブでの演奏シーン、仲間内のパーティーでの即興演奏など粋なことこの上ない。二年くらいしてまたＢＳ

『死刑台の
エレベーター』

テレビでやっていたので、再び見入ってしまった。

ＮＨＫ　ＦＭラジオでテナーサックスのジョー・ヘンダーソン没後十五年を記念した番組があったので、途中から聴く。マイルス・デイビスと一九六七年に共演したもの、一九九八年にチック・コリアと共演したナンバーが流れる。マイルス・デイビスといえば**『死刑台のエレベーター』**（一九五八年ルイ・マル監督フランス）である。夫を殺してから落ち合うはずの恋人ジュリアン（モーリス・ロネ）がエレベーターに閉じ込められているとも知らず、パリの街をあてどなく彼を探し回るヒロイン、フロランス（ジャンヌ・モロー）。ジャンヌ・モローの不安げな美しい顔が、夜のライトに照らされる。バックには映画のラッシュに合わせて即興で吹いたという、マイルス・デイビスのトランペットが切なく響く。若い時に名画座の映画館で見てから、こうしてまたテレビで見ると細かな部分に意味があったと納得すると同時に、映画と一体になって人生の哀感を伝える音楽に感動する。

三本目はビリー・クリスタルとメグ・ライアンの絶妙な掛け合いが笑えるラブコメディ、**『恋人たちの予感』**（一九八九年アメリカ）。映画自体は、ダイナーでのメグ・ライアンのあえぎシーン以外はたいしたことのないＢ級映画だったなと、エンディングのクレジットを見ていると、バックに流れる「But not for me」を歌う甘い歌声に聴き覚えが。ハリー・コニック・ジュニアだったのである。一気に私の青春時代の八十年代が蘇った。日本が好景気だったバブ

『恋人たちの予感』

ル期、サントリーVSOPのゴージャスなCM二本があった。一本はハリー・コニック・ジュニアが歌いながらピアノの上でタップダンスを踊る。鼻にかかった甘い歌声だ。もう一本はマンハッタン・トランスファーがパーティードレスとタキシードに身を包み、グラス片手にオリジナルソングを歌い上げる。重層なハーモニーコーラスが美しい。つい数年前、HMV有楽町店が閉店するというので、サラ・ヴォーンのCDとともにハリー・コニック・ジュニアのCDも二枚、仕事帰りの夫に買ってきてもらう。一枚は彼のビックバンドスタイルを満喫できる『**Smokey Mary**』、もう一枚が『**恋人たちのラブソング**』でこちらはまさに一九八〇年代を彷彿とさせるもの。ビリー・ジョエルの「素顔のままで」、ロバータ・フラックの「やさしく歌って」のカバーバージョンが入っている。過去の思い出を突然呼び戻し、その時の自分の姿を映し出す。音楽にはそんな力がある。

磯崎新『**挽歌集　建築があった時代へ**』（白水社）の中で、吉田秀和氏のことをこう言っている。「吉田秀和さんは音楽について膨大な文章を書かれた。絶妙な語り口であることは誰もが感じているが、音楽を語って音楽をいわない人だというぐらいしか私には理解できなかった。丸谷才一氏が「しのぶ会」の弔辞で、吉田秀和さんは音楽評論に仮託して「文学」をやっていたのだと語られたのを聞いて、長年つき合いながら最後までわからなかったことが、一挙に氷解した。芸術だったのである」と。吉田秀和『**言葉のフーガ　自由に精緻に**』（四明書院）を読む。「創作と演奏の間で」と「マネの肖像」を読むと、「文学をやっていた」のがよくわかる。「創作と演奏の間で」での言及である。ベートーベン、ブラームス、シューベルトなどロマン派の作曲家が公衆の面前で演奏することを前提に作曲したのに対して、シェーンベルク、ヴェーベルン、ブーレーズなどわかりにくいとされる二十世紀の作曲家が、演奏する必要のない「オブジェ化」した作品を残した意義を、一九一〇年代に台頭したバウハウスに見られる「新即物主義」との連関で説明している。そして「孤独の作曲家」シェーンベルクと「沈黙の作曲家」ヴェーベルンが、どんな孤独の営みの内に自分の自由を回復したのか、それが重要だとしている。建築家フランク・ロイド・ライトとミース・ファン・デル・ローエ、ル・コルビュジエの軌跡を振り返った時にキータームとなる「新即物主義」が彼らに果たした影響と同様の歴史的ダイナミズムが推し量られて興味深い解釈である。

ピエール・ブーレーズ、偉大な足跡を残したフランス人の作曲家、指揮者が二〇一六年一月五日亡くなった。追悼番組として、「追憶のブーレーズ」がＮＨＫ ＢＳテレビ、プレミアムシアターで一月三十一日放映された。二〇〇九年九月十日のスイス、ルツェルン音楽祭からと二〇〇三年四月二十一日東京サントリーホールでのプログラムである。ルツェルンでの一曲目はドビュッシーの「遊戯」。吉田秀和『**言葉のフーガ　自由に精緻に**』の中では、指揮者やピアニストなどのソリストについての章が特に、彼らが紡ぎ出す音楽への愛情がほとばしり出て楽しそうに論じている。ブーレーズのドビュッシーは賞賛されていた。ブーレーズ自身のインタビューの中では、この曲はテンポが難しいと語っていたが、夜の浜辺で砂浜と波に身を委ねている、そんな感じが情感豊かに流れていた。続いて彼自身の作曲による「ノクタシオン」と「レポン」。中央に小編成のオーケストラ、離れた場所にピアノやハープを奏でる彼らは、若いルツェルン音楽祭アカデミー管弦楽団で、多彩な打楽器を盛り込んだ実験的かつモダンな演目に、果敢に取り組んでいた。クラシックの世界ではこれを前衛的な現代音楽と称するのだろうが、私個人の曲の印象は、まるでヌーヴェルバーグ映画の中の不条理劇に流れている音楽のような気がした。変わってサントリーホールでの演奏はグスタフ・マーラー・ユーゲント管弦楽団。彼らも若い。曲目はベルク「管弦楽のための三つの小品」、ヴェーベルン「管弦楽のための六つの小品　作品6」、そしてマーラー「交響曲第6番イ短調悲劇的」。まだ上の娘が一歳半くらいの頃、娘を夫の両親に預け夫婦で東京都心に出掛けてインバルのマーラーを聴いたことがある。当時マーラーといえばインバル指揮が太鼓判だったらしいが、私の印象は薄く、以来マーラーなら映画「**ベニスに死す**」（一九七一年イタリア・フランス、ルキノ・ヴィスコンティ監督）など様々な映画やドラマに流れる、交響曲第5番アダージェット以外聴こうともしなかった。そのマーラー敬遠が本当に愚かだったと、ブーレーズの「悲劇的」を今回聴いて気づかされた。今宵のサントリーホールの聴衆の皆さんは、胸の高鳴りを抑え切れずに帰宅されたのではないかと思う。

以下、『**言葉のフーガ　自由に精緻に**』から思いついたままに拾う。一九五六年二月号『**芸**

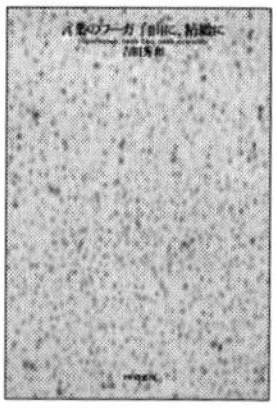

『言葉のフーガ　自由に精緻に』

術新潮』掲載、「モーツァルト―その生涯、その音楽」からの言葉、「彼の和音のあの柔らかで豊かな官能性」で思い出した。十五年くらい前の冷たい雨のそぼち降る三月の夜、子供を夫に任せ、花房晴美のリサイタルを千葉県市川市で聴いた。花房晴美のモーツァルトには、明るいエロスが漂う。内田光子の内省的、思索的なモーツァルトにはない華やかな官能性があって、この夜私は氷雨にもかかわらず、春の息吹きを肌で感じた。

「ヴァーグナーの芸術―バイロイトで」を読んでいたちょうどその時、いつも二時の英語ニュースをNHKラジオ第二放送で聞く直前にチューニングする「名曲スケッチ」で、ヴァーグナー「リエンツィ最後の護民官」が流れた。有名なフレーズとして聴く分には良いが、ヴァーグナー、ベートーベンはどうも生理的に受け付けない。吉田先生ごめんなさい。

「J・S・バッハロ短調ミサ曲」から。「音楽とは何か？　ということを自分はバッハの作品によって知った、といっておけばよいのかもしれない」、「バッハの音楽はみんな好きである。私には「音楽が好きだ」というのと「バッハが好きだ」というのとは違いはない。しかも私はバッハが好きなおかげで、ベートーベンもブラームスもモーツァルトも好きでいられるのである」。クレンペラー指揮のバッハ「Mass in Bminor」を聴く。三年前のクリスマスプレゼントに夫がくれたものである。というと聞こえは良いが、黒のボックスを見てゴディバのチョコレートだと勘違いした私に、

「お母さんが気に入らなければ僕がもらうからいいよ」と夫のたもう。そんなクリスマスプレゼントがあるか！　夫としてはクリスマスにふさわしいと思ったかもしれないが、相変わらず相手の意向を無視した夫の無神経さには呆れる。中身も気に入らなかった。吉田先生ごめんなさい。しかし希代のピアニスト、グレン・グールドが弾くバッハは大好きだ。ＤＶＤ「**グールドのバッハコレクション**」には、胸の奥底から震える自分自身の感動に酔いしれたほどだ。

吉田秀和の著書をもう一冊、『**之を楽しむに如かず**』（新潮社）を読む。「演奏者たちの内的要求」の章にて、やたらに速く弾くグレン・グールドのモーツァルトを評して、単なる音楽鑑賞者の我々には考えも及ばない「演奏者、表現者」のグールドが抱く、「創造者」モーツァルトに対するひけ目を吉田氏はこう述べている。「ここにはモーツァルトの円満調和的調整音楽に対するグールドの違和感、居心地の悪さ——さらに延長していえば、およそ演奏家一般の魂の奥底に蟠踞している「自分も創造者になりたいが、うまくいかない」ことの悩みからくる加虐行為——それはまた結局は自分を傷つけることに導いてゆく「自虐行為」なのだが——の一端がみられるのではないか」。グールドは自分を創造者と位置付けていたはずだからこそ、創造者として高みにゆこうと孤独な闘いを続けた。仕事であれ、信条であれ、自分の人生を賭けた対象物、グールドにとってはピアノ、吉田秀和にとっては文学たる音楽芸術であるが、その対象物にどう向き合ったかが彼らの人生行路そのものとなる。「アルゲリッチのイブニングトークス」の章から引く。「アルゲリッチの話が素敵で私をこんなにひきつけるのは、彼女の言葉がそれを本当に生きた体験に裏づけられ、そこからまっすぐに出てきているからである」。

二〇一五年十二月三十一日ジャズ歌手ナタリー・コールの訃報を聞く。年明け、アメリカの雑誌『TIME』に追悼記事が載る。父ナット・キング・コールの七光りといわれるのは、何より嫌だったろう。記事には一九八〇年代の麻薬中毒のあと、一九九一年に亡き父とのオーバーダブ共演で、その年のグラミー賞 Song of year 賞受賞とある。写真のあでやかなドレス姿は、その頃のものだろうか。そののちC型肝炎感染を公にし、二〇〇八年腎臓移植手術を行う。何といわれようと、彼女は歌って生きてそして死んだ。CD「アンタッチャブル」を聴く。まさに忘れがたい記憶の歌声だ。

一九八〇年代二十代後半東京で勤めていた頃、短大へ通う妹と一時期同居していた。東京郊外の小金井から、それぞれの目的地に向かうべく朝食と弁当の支度をしている時に、妹はジョー・スタッフォードのカセットをかけていた。私が「ジョー・スタッフォードが聴きたい」と頼んだら、妹は吉祥寺の中古レコード店で探してきてくれたのだ。それをカセットに落として、ちょっとくすみがかっているが粋で軽い歌声のスタンダードジャズナンバーを二人で聴きながら、朝アパートを出てゆく。亡き妹の姿を時に思い出すと、ジョー・スタッフォードのラブソングとともに若かった頃がよみがえる。そして今私一人が半身で生き長らえている。

民族の血

数年前に吉田兼好の『**徒然草**』(岩波文庫)、清少納言の『**枕草子**』(岩波文庫)を大学時代以来久々に読んで、新鮮な驚きと感動を覚え、日本の美しい文化を再認識した。たとえ細部の解釈が理解できなくて立ち止まったとしても、なんとなく肌で感じられる、心にストンと落ちるこの感覚は、日本人ならではの民族の血がなせるわざだろう。百年以上前のバルザック、ユゴー、ジイド、モーパッサンの作品に登場する貴族やブルジョワが色欲や金銭欲にまみれ、庶民が今日、明日のかつかつの生活をやりすごそうと貧困にあえいでいる、そういった人々の感覚をまるで今日の出来事のように共感できるのは、フランス人の血であろう。貴族や官僚が領地にしがみつき、農民は厳しい自然の中で酷使され、ウォッカとカードゲームに明け暮れる、彼ら彼女らがドストエフスキー、トルストイ、ツルゲーネフ、チェーホフの中に息づいているのを実感として受け止めることができるのは、ロシアの血脈だ。

そういった脈絡でつかむには、私にとってアメリカ文学はなぜか、表層的で映画と同様奥深さに欠けるという先入観があった。メルヴィル『**白鯨　上・下**』(岩波文庫)、フォークナー『**アブサロム、アブサロム!**』(河出書房新社)、ホーソーン『**緋文字**』(光文社古典新訳文庫)、などアメリカとしては古典的な趣のある重厚な作品は、もちろん読みごたえがある。少し下ってトルーマン・カポーティ、**『冷血』**（新潮文庫）に見るリアリズム、**『夜の樹』**（新潮文庫）所収のアラバマ時代と呼ばれる幼年時代の多感でほろ苦い味、**『ティファニーで朝食を』**（新潮文庫）の都市生活者の孤独を描く感性は捨て難い。ミステリー、怪奇小説ならずともすべてのジャンルの作家や思想家に影響を与えた、エドガー・アラン・ポーは別格だろう。**『黒猫・モルグ街の殺人』**（岩波文庫）、**『黄金虫・アッシャー家の崩壊』**（岩波文庫）に収められた作品は、構成の整合性や状況設定の巧みさという形式的な面ばかりでなく、人間心理の意表を突いてくる手法はみごとだ。短編の名手O・ヘンリーも外せない、**『一ドルの価値／賢者の贈り物　他21篇』**（光文社古典新訳文庫）。NHKラジオ英会話では、時々O・ヘンリーの作品を取り上げる。「最後の一葉」、「二十年後」など作家の息づかいを原文で耳から感じ取れるのが良い。O・ヘンリーお得意の最後のどんでん返しが、ラジオで聴くと一層胸に迫り心に余韻が残る。

それでもなお、アメリカ文学とはという問いに私はうまく答えられない。もっとも決まりきった観念や思想がこの国の文学に存在するはずはなく、ある一定の傾向が見られるという程度に落ち着くのだろうか。

数年前、確か日本経済新聞の土曜日の夕刊に、著名人やタレントが記す、書評というよりはちょっとした読書エッセイのようなものが掲載されていた。ミュージシャンの佐野元春の回でビートニク世代に触れたものがあった。自身ビートニク世代に関する著作もあるほどで、傾倒ぶりが窺われた。以来、ビート・ジェネレーション作家は頭のどこかに引っ掛かっていて、読みたいと思いながらもまさに麻薬的な毒性に浸るのが恐ろしく敬遠していた。初めて読んだ作品としては過激過ぎただろうか、ウィリアム・バロウズ『**裸のランチ**』(河出文庫)を読む。全編これドラック、セックスの淫靡な世界。ほとんど自伝的内容なので、薬物に溺れ込む身体の状態など微に入り細に入り、読んでいる方が吐き気を催し、同性愛エピソードさえぶっ飛んでしまう。驚異的なのは作品よりむしろ、本人の人生そのものだろう。ヨーロッパ放浪、薬物中毒・リハビリを繰り返し知的活動を交えながら、八十三歳まで生きた強靭な体力。続いて読んだ作品は、ヒッピー風な要素はあるが、波が凪いだ時の静けさの中にほんのさざ波のような出来事が起こる、不思議な魅力のリチャード・ブローディガン『**西瓜糖の日々**』(河出文庫)。以来、ビートニクとはしばらく間をおいていたのだが二年後、ジャック・ケルアックの『**オン・ザ・ロード**』(河出文庫)を読む。ドラックとセックスと車に明け暮れ、自堕落な生活のためだけの金銭を工面する、ただそれだけに懸命になっている馬鹿馬鹿しい若者の姿に、なぜだろう嫌

『裸のランチ』

悪感より奇妙な爽快感が湧き上がるのは。おそらく何をしようと、確かに生きたという証しがそこにあるからだ。トマス・ピンチョンも忘れてはならない。彼は「ビートニク風味」なのであって独自の世界を創造している。『スローラーナー』（ちくま文庫）、『**競売ナンバー49の叫び**』（ちくま文庫）にも、同性愛者、反体制を構える人々などおかしな登場人物や、ピンチョンならではの仕掛けがそこかしこに存在する。

『Sweet 16』

何といっても『**ヴァインランド**』（河出書房新社）こそピンチョン・ワールドだ。登場人物が皆「そこに何の意味があるのか」という事象に執着し「何の脈絡もない」事件を探求する。ドラックもセックスも反体制思想さえユーモアで覆い隠す。かと思うと、様々な業界の裏話、音楽、映画などアメリカン・ポップカルチャーの些末なネタに膨大な解説をすることに注力する。アメリカのどこかの都市のどこかの家庭のリビングで、ピザやフライドポテトをカウチでほおばりながら、B級映画を見ている錯覚を覚えてしまう。これぞアメリカ文学なのだろうか。

佐野元春が一九九二年七月二十二日にリリースしたCD『Sweet 16』を聴く。若者は風に吹かれて車であてどなく街をさまよい、何かを懸命に探し求め傷つき、やがて自分の思惑とは違った所に居場所を見つける。年老いても何に傷ついたかは忘れても、心に空洞は残る。

テロとチョコレート

ＮＨＫ Ｅテレの「グレーテルのかまど」という番組を見る。著名人や童話にまつわる世界のスィーツを、彼ら彼女らのエピソードを交えながら紹介し、番組ナビゲーターで俳優の瀬戸康史が実際に作る。二〇一三年の再放送だが二〇一六年二月バレンタイン直前にふさわしく、オーストリア・ハンガリー帝国の皇妃エリーザベトのザッハートルテと、ショパンのショコラが紹介される。プリンセスシシィの愛称を持つエリーザベトは、ウェスト五十センチの体型を保つべく、宮廷の室内にトレーニングマシン、屋外では乗馬と体を鍛え食も細かったが、お忍びでウィーンの街中のケーキ屋に向かい、特にザッハートルテはお気に入りだったようで、購入したケーキの領収書に自著のサインも残っていた。衰える美貌を扇で隠すようにレマン湖のほとりに滞在中、イタリア人無政府主義者ルイジ・ルケーニによって暗殺される。夫フランツ・ヨーゼフは愛息ルドルフ大公がその九年前に愛人と心中を図るという悲劇に見舞われ、妻の死後さらに一九一四年六月二十八日には帝位継承者の皇帝の甥フランツ・フェルディナンドをサラエボ公式訪問中、妻とともに再びテロリストによって奪われた。テロリストは、ボスニア在住のセルビア人で「青年ボスニア」という民族主義集団の一員、ガブリロ・プリンチプ。

彼は黒手組というセルビア民族主義の主要組織から協力を得ていた。オーストリア・ハンガリー帝国とセルビアの当事国で迅速に処理すべき事案であった。しかし帝国に対するセルビア民族の反感を軽視していたのか、オーストリアのバックにいたドイツの楽観主義が読み違えをしたのか、フランス、ロシアがセルビアの思惑を超え自国の意地にかまけ外交が機能しなかったのか、七月二十八日第一次世界大戦は勃発した。

ジャン・ジャック・ベッケール**『第一次世界大戦』**（白水社文庫クセジュ）を読む。大戦の発端は分かっても、その後の経緯は不可解だ。**『歩兵は攻撃する』**エルヴィン・ロンメル（作品社）の巻末、軍事ライターの田村尚也氏による解説「本書に関わる第一次世界大戦の各戦線、武器、編制、戦術」を読むがやはりよくわからない。なぜ第一次世界大戦は起こったのか。理解できたのは、大戦の無意味さと悲惨さのみだ。ヴァルター・ベンヤミンは**『暴力批判論　他十篇ベンヤミンの仕事I』**（岩波文庫）中の「一方通行路」でこう言っている。「こういった共同体の経験を軽視し、ないがしろにして、それを

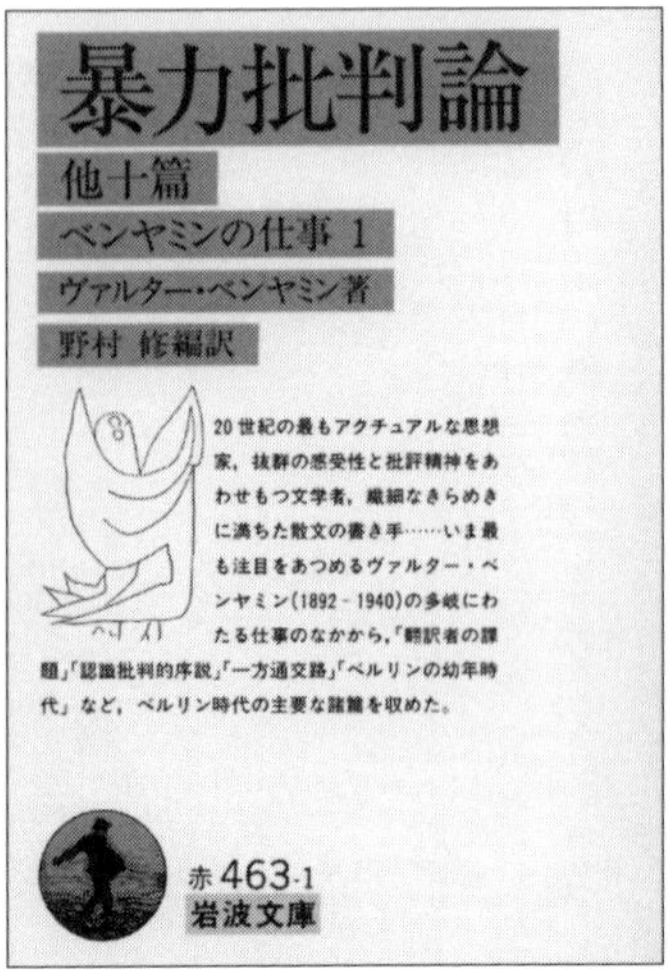

『暴力批判論　他十篇ベンヤミンの仕事I』

美しい星空の耽溺として個人の手に委ねてしまったことは、近代人の危険な錯誤だった。いやそれどころか見失われたこの経験のつけは、いつ新たに廻ってくるか分らない。つけが廻ってくればどの民族もどの世代もそれぞれに振りまわされてしまうことは、最近の大戦がじつに怖るべきかたちで実証している。あの大戦はコスミックな暴力との新しい、前代未聞の婚姻の試みだったのだ」。

一九一四年夏第一次世界大戦開戦直後、ユダヤ系のルーマニア人サミュエル・ローゼンストックがブカレスト大学に入学、十月にヴィネアらと同人誌「叫び」を発行し、初めてトリスタン・ツァラと名乗る。ツァラは徴兵を逃れるためか中立国スイスへ向かい、チューリッヒ大学に入学、一九一六年二月八日フランス語の辞書から偶然引いた「ダダ」の名称を見つけ、七月十四日最初のダダ宣言「ムッシュー・アンチピリンの宣言」を「ダダの夕べ」で発表、チューリッヒダダの誕生である。一九二〇年一月十七日ツァラはパリのフランシス・ピカビアの別邸に突如現れ、かねてより誘いのあったパリのダダイスト、アンドレ・ブルトンと会う。ミッシェル・サヌイユ『パリのダダ』（白水社）を読む。膨大な資料を渉猟したダダ研究の第一人者による研究書だが、時系列に各人のイベントを詳述しているあまり、焦点がぼやけている。細部に興味を引く箇所はある。トリスタン・ツァラとアンドレ・ブルトンの対立は脇に置いて、たとえば「ポール・エリュアールだけが泰然と詩の道を進んでいた」、「たえず

『パリのダダ』

個人的な探求に専念していた」とあるが、ダダに関わるも独自の芸術の道を切り開いていったピカソ、マルセル・デュシャン、マン・レイなどはダダを早々に見限って「泰然と道を行く」姿勢を貫いた。また、今でいうパフォーマンス・アートや詩の朗読、集会などのイベントを行ったり、メディア・アート的にチラシや印刷物の作成をし情報を仕掛けるなど、ダダイストが芸術を大衆に与え消費するやり方は、効果的、画期的であった。と同時に金が掛かる。その時自身も裕福であり、旧態依然としたフランスのサロン文化に人脈、金脈のあったスポンサーとしてのフランシス・ピカビアの存在は大きい。ダダの発起人ツァラの「言語破壊的」テロリストのスタンスからすると、**『パリのダダ』**で描かれるブルトンは確固たる思想を持って運動を背負ったわけではなく、時流に流された感は否めない。結局ブルトンは「もうこれ以上ダダに固執することができなくなって」、「ダダイズムは他の多くの物事同様、ある者にとっては腰をおろす流儀にすぎなかった」とダダに終わりを告げる。ベルリンほど政治性はなく、あまりにサーカスのような祝祭的なパリのダダは、第一次世界大戦後の閉塞した社会に生きる若者の、消費的な娯楽に終わった。ただミシェル・サヌイユが指摘するようにダダの感覚が後世に与えた影響は大きい。特に二十世紀の「消費」というキーワードに呼応する写真、映像、音楽の分野においては。

ここで私が長らく疑問だったのは、ダダがシュルレアリスムにどう移行していったかだ。サヌイユが引くスーポーの言葉、「ダダとシュルレアリスムは平行してあった、ひとつの必然性であった」。サヌイユの結語としての言葉「シュルレアリスムは特に文学に特化したフランス的形態であった」。もっともヴァルター・ベンヤミンはサヌイユに先行して、『**暴力批判論　他十篇　ベンヤミンの仕事I**』（岩波文庫）の「シュルレアリスム」の中でこう指摘している。「ここ十五年間に前衛文学の全分野をつうじてなされてきている、あの音声や文字像の情熱的な変換遊戯は、未来主義と呼ばれようがダダイズムと呼ばれようが、シュルレアリスムと呼ばれようが、技巧的なお遊びなどではなくて、魔術的な語の実験なのである」。

ダダの旋風の中、ドイツ、ケルンにはマックス・エルンストがいた。千葉県佐倉市川村記念美術館で、マックス・エルンストの「入る、出る（ポール・エリュアール邸のドア）」という油彩画を観たことがある。薄緑色のドアを透かして、水色の枯れ木にしがみつく裸体の人物はユニセックスな男性だ。緑色のサングラス、胸に緑の太いベルト、片方だけ緑の靴下、オレンジ色の肌にオレンジ色のパンツ一枚のいでたち。奇妙な絵だが、引き込まれる。宇都宮市美術館ではルネ・マグリットの白いハトの絵を観たことがある。マグリット特有の水色の下地、単なる空のようでいてそうではない水色の空間だ。白いハトには現実味がなく羽ばたきしているようには見えない。マックス・エルンストがダダで、ルネ・マグリットがシュルレアリストと区分するのが無意味なように、ダダとシュルレアリスムの境界を決めることも意味はない。

ブルトンの『**シュルレアリスム宣言・溶ける魚**』（岩波文庫）と『**ナジャ**』（岩波文庫）を読んだ時は知的興奮を覚えた。何年も前のことだ。『**ダダ・シュルレアリスムの時代**』塚原史

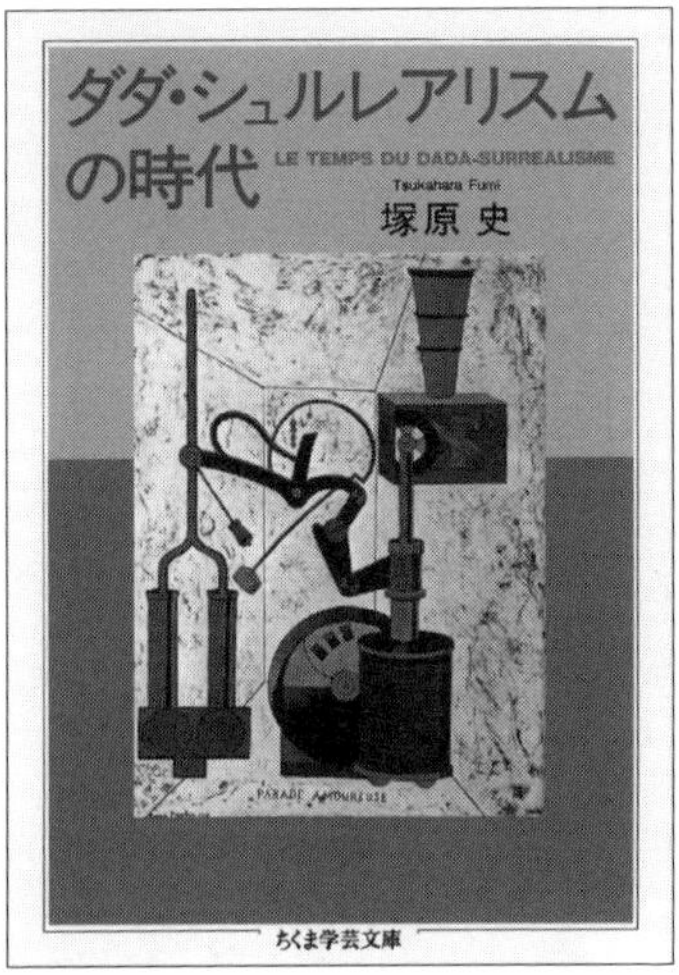

『ダダ・シュルレアリスムの時代』

（ちくま学芸文庫）を読む。ミシェル・サヌイユの『**パリのダダ**』に比べ時代が下がったことで、新しい資料に依拠する機会が増えたせいか、ダダからシュルレアリスムへの「移行」が明解になった。何より事象の正確な軌跡を求めるサヌイユより、塚原史は詩人たちの「言葉」を重んじる。ダダにおいては「ダダは何も意味しない」、と謳うトリスタン・ツァラの言語に対する姿勢に注視した。塚原史の「言語装置としてのダダ」中の指摘から、「ツァラが「文学」とは無縁の無個性で月並みな新聞記事からあえて「詩」をつくろうとすることで、彼は文学そのものを嘲笑している」、「人々が自分の言葉だと信じて語ったり書いたりしている言葉は、本当に自分のものなのだろうか。われわれは無意識のうちに、すでに語られた文句やすでに書かれた文章を寄せ集め、それらを自分の言葉として信じて使っているのではないだろうか。そうだとすればわれわれは結局コラージュとしての言語の世界に生きているのではないのか――言語活動の本質にかかわるこうした問いかけを、ツァラのコラージュのなかに読みとらねばならない」。こうしてノートに多くの作家の言葉を羅列しているだけの私には、耳の痛い指摘だ。このノートにはオリジナリティはなく、私にある固有のものは半身の肉体だけだ。

さて、塚原　史が言及するシュルレアリスムの政治性についてだが、モロッコ戦争に対する反感、レーニンへの共感など、単なる「祝祭的スペクタル」なダダとは一線を画したようにも見えるが、シュルレアリストたちにそれほど強固な政治信条は見られない。ただ、ヴァルター・ベンヤミンが「シュルレアリスム」で触れたように、ダダからシュルレアリスムの時代につきまとう世情の不安定さや閉塞感に伴う感情は、否が応にも現実世界に振り向けられる。ベンヤミンがアポリネールとアラゴンに言及した箇所、「『**虐殺された詩人**』出版社が襲撃され、詩集が火中に投ぜられ、詩人は殴り殺される。アラゴンにあっては、そのようなおぞましい未来の予感から「想像力」が立ち上がって、その声を聞くひとたちに最後の十字軍への呼びかけをおこなう」、「シュルレアリスムはあらゆるものに不信感を抱く」、「文学や自由、ヨーロッパ人これらの成りゆきへの不信何よりもまず階級間、民族間、個人間のあらゆる協調への不信」、「(シュルレアリスムに) 優先するのは、イメージであり言語である」、「そしてこの都市 (パリ) の真の相貌ほどに、シュルレアリスム的な相貌はない」。

「パリの土地っ子が唄う」というルイ・アラゴンの詩 (『**祖国のなかの異国にて**』より) から一部詩句を抜粋する。

パリはめざめる　このぼくはいま一度闇の奥底で

ぼくらの血を灼いていたあの神話を見出そうと
いらだつ顔を両手のなかにうずめよう
どうかあの眼が蘇るように　小鳥たちが調べを真似る唄
自由といえばパリとこたえるあの唄が

フランス週刊誌シャルリーエブド襲撃事件、パリ近郊の印刷所立てこもり事件、パリ東部のスーパー立てこもり事件は二〇一五年一月九日、治安当局の特殊部隊突入で容疑者三人を射殺したことによって収束、併せて十七人の犠牲者が出た。同年十一月十三日パリのレストラン、コンサート会場、サッカースタジアムで同時多発テロが発生、百三十人もの犠牲者を出す。二〇一六年二月にこの時惨事に立ち会ったロックバンドが再びコンサートを開くが、パリは五月まで戒厳令を施行する。第一次世界大戦以前から、階級間、民族間の対立は存在していたが、対立する相手の政治、宗教が徐々に変容を遂げてきた。そのことが階級や民族の間の対話を一層困難なものにし、世界のあらゆる地で対話ではなく武力によって問題を解決しようとしてきた。武力によって解決できるものなど何もないのに。私は偶然に本当に偶然に二〇一五年の一月頃このアラゴンの詩句を見出したのだった。「自由といえばパリとこたえる」かの地で、二十一世紀に入ってうごめいていた民族の抑圧感や絶望感がテロを引き起こしたと、あるいは欧米覇権主義とイスラム圏の対立と単純に思いたくない。

再びダダに戻る。トリスタン・ツァラ『ムッシュー・アンチピリンの宣言—ダダ宣言集』（光文社古典新訳文庫）を読む。所収されている「ダダ宣言集」から引く。「こんなことを言っている連中がいる。ダダは悪くないから良い、ダダは悪い、ダダはひとつの宗教だ、ダダはひとつの詩だ、ダダはひとつの精神だ、ダダは疑い深い、ダダはひとつの魔術だ、自分はダダを知っている」、「たとえばダダは精神の独裁である、とかダダは言語の独裁である」、「ダダは未来に反対する、ダダは死んだ、ダダは白痴だ、ダダ万歳、ダダは文学の一派ではない、吠えろ」。「ダダ評論集」から「荘子がぼくらと同じくらいダダだったことも」、「でもダダは何ものでもありません。ダダは人生のすべてと同じくらい役に立ちません」。

システムを嫌い、意味ある言葉に嫌悪感を示したダダイストのツァラ、一九二一年に謳ったシャンソン・ダダの最終スタンザを引く。

ショコラを食べなされ
あなたの脳みそを洗いなされ
ダダ
ダダ
水を飲みなされ

バレンタインの恒例になってしまったが、夫に米屋の「門前しょこら」を買ってきてもらう。プリンセスシシィの愛したザッハートルテほど濃厚でないにしても、何の言葉も持たない、誰の役にも立たない私の脳みそを刺激するには、ほどよいチョコレートの味だ。人生はほろ苦い。

世紀末ウィーン

午後の暇つぶしにNHK BSテレビにチャンネルをあわせたら、映画「**大人のけんか**」(二〇一一年ドイツ・ポーランド・スペイン合作、ロマン・ポランスキー監督)をやっていて、思わず見入ってしまった。舞台はアメリカ、ブルックリンだが、実際の撮影はパリだそうだ。早口のせりふ、戯曲的に室内のリビングの舞台で、ほぼ四人の少ない登場人物といういわゆる映画のジャンルでいうところの「ニューヨークもの」だが、ポランスキーと原作者のヤスミナ・レザ共作の脚本がよく練られていて、そのせりふにジュディ・フォスター、ケイト・ウィンスレットらが奮闘してうまく乗っている。ペネロピ(ジュディ・フォスター)とマイケル(ジョン・C・フィリー)夫婦の息子にけがをさせたので、投資ブローカーのナンシー(ケイト・ウィンスレット)、アラン(クリストファー・ヴァルツ)夫妻が息子の非を謝りに訪問する。一旦友好的に話が進み、ナンシー夫妻が帰りかけたところ、マイケルがコーヒーでもと勧めて戻ったのがいけなかった。もともと互いに自分たちの息子は悪くないというわだかまりが残っていたためか、次第に険悪になる。言い争いの最中、クライアントと折衝中のやり手弁護士アランは、部下と再三携帯電話でしゃべり倒し、皆を苛つかせる。そのうちナンシーが気分が悪いと言って派手に嘔吐し、夫のズボンさえ汚してしまう。コーヒーのはずがけんかがヒートアップするにつれスコッチになり、日ごろの鬱憤がたまって相手夫婦への中傷のみならず、互いの夫婦も罵り合い四つどもえのけんかになる。ここで注目はペネロピである。彼女は誰よりもアフリカ、ダルフールの惨状を理解していると自負するライターで著作も出し、書棚やリビングのテーブルには多くの書籍や画集が散見される、典型的なニューヨークのインテリだ。フランシス・ベーコンの画集を広げ、ナンシーと感想を交換し合った時はまだ平和だったが、ナンシーが画集に吐しゃ物をまき散らしたあとのペネロピは、ほとんど涙目で落胆する。「ああ、ココシュカ」。

『ウィーン　栄光・黄昏・亡命』

夫が数ページ読んだ末挫折したと言うので引き取って読んだのが、ポール・ホフマン**『ウィーン　栄光・黄昏・亡命』**（作品社）。なかなかおもしろかったし、かねてより世紀末ウィーンには興味があったので、当時の代表的批評家カール・クラウスの**『黒魔術による世界の没落』**（現代思潮社）を夫に図書館で借りてきてもらって読んだ。その中の「地震のあとで」は印象深かった。政治体制、社会体制、ジャーナリズムと果敢に闘った人である。折しも日本で朝日新聞が十分な検証もなく、従軍慰安婦問題や福島第一原子力発電所の原発事故の吉田調書について掲載した記事の一連の不手際は、まさにジャーナリズムのおごりであった。カール・クラウスは「地震のあとで」で科学者のおごりや情報の虚偽操作に警鐘を鳴らしている。

映画のジャンルで「ニューヨークもの」があるように、芸術分野でも「ウィーンもの」というらしい。確かに世紀末ウィーンの芸術・文化は、退廃的、悪魔的な魅力があり、「ウィーン世紀末」と銘打っただけで大衆受けすることを揶揄した表現だろう。そんな妖しい美を堪能するには不謹慎かもしれない、あまりにも正当な世紀末ウィーン文化論の論文集、『**世紀末ウィーン—政治と文化—**』カール・E・ショースキー（岩波書店）を読む。ハプスブルク帝国の崩壊前夜、第一社会の高級貴族と第二社会の下級貴族、すなわち軍および官僚の首脳、財界・学界の指導者、そして資本主義を代表するユダヤ人が、それぞれの既得権益と利益にしがみつきうごめきつつ時代を動かしていると見えたが、反ユダヤ主義者のカール・ルエーガーが一八九七年にウィーン市長になったことにより、下級社会層が人種偏見、民族的憎悪を募らせるようになった。反ユダヤの運動は徐々に高まっていった。その辺の政治状況をヘルツルがユダヤ人国家を構想しながら、下流社会の民衆運動を利用したことを交えながら説く。しかしウィーンの政治と文化がなぜ密接につながり、あのような百花繚乱の世紀末文化が花開いたか、明快になったとは言い難い。凡人にとっては論文は論文なのだ。私にしてみると、なぜウィーン文化人には自殺者が多いのか、この問題を社会的様相から解いた方がウィーン世紀末文化の特徴が浮き彫りにされるのではないかと思う。加えてカール・E・ショースキー自身も、巻末の解説者もこの著作から庶民の社会に対する不満、体制側の欺瞞を暴いた批評家カール・クラウスを除外していることを弁明しているが、納得がいかない。現代日本が世界的にみて自殺者が多いのと同様、この時代の多数のウィーン人が自死を遂げている理由を、カール・クラウスの視点で当時の社会の病巣を解きほぐさないとわからないのではないか。吉田秀和が『**之を楽しむに如かず**』(新潮社)で「カルヴェのベートーヴェン、グルダのシューベルトほか」の章にてグルダのCDシューベルトの即興曲「楽興の時」のグルダ自身の言葉を引用している。「シューベルトの作曲の根底には脱落と別離、病と死に対する極めてウィーン的な想い、ウィーン人しか本質の理解されない、微笑みながら自殺するといった感覚が流れている。――こうしたウィーン的なシューベルトの作品の根底に流れている雰囲気に呑み込まれていることに私は今も昔も命とりになりかねない危機感を覚える」。

とはいえカール・E・ショースキーの建築、絵画、文学についての記述に興味深い点はあった。ウィーン分離派が掲げたモットー「時代にはその芸術を芸術にはその自由を」をもっとも体現したのは、グスタフ・クリムトだろう。バブル期の印象派と同様、西洋美術の受容においてはお子様だった日本の二十世紀世紀末にあてがわれたのは、アールヌーヴォーが多かったように思う。私が一九九〇年代末当時に東京の美術館やデパートで観たのは、フランスのエミール・ガレの花瓶やルネ・ラリックの香水瓶、イギリスラファエル前派のダンテ・ガブリエル・

ロセッティの絵画、ウィリアム・モリスのテキスタイル、ウィリアム・ブレイクの詩と一体となった絵画、そしてウィーンからはグスタフ・クリムトの金色眩しい装飾的絵画、エゴン・シーレの病的雰囲気の絵画だった。ショースキーが説くクリムトの生涯はわかりやすかった。公人としてブルク美術館、美術史博物館、ウィーン大学の壁画などを委嘱されたが、「性の解放」の理念によって父性社会に抵抗し、絵画が次第に変遷、官能性を深めていったことが体制側当局の反感を買う。しかし当人は金細工職人だった父の影響をここにきて一層鮮明に打ち出し、金と金属的色彩の多用、ビザンチン様式への傾倒を強めていった。晩年十五年は私的に特にユダヤ人家庭の婦人肖像画を多く描いたという。

さて、冒頭に触れた映画「**大人のけんか**」に出てきたオスカー・ココシュカの絵画を私は実際観ていない。ショースキーの著作から思わずカラーコピーをとっておいたほど、魅力的な絵だ。「夢見る少年たち」には、この時代に他国でも頻出していたグラフィック要素とユニセックス的なエロスが相交わっている。隠されたアレゴリーが不思議な雰囲気を醸し出している。

ショースキーが「オーストリアのミドルクラスが貴族からの独立を達成し得なかった」、「芸術が社会的身分とむすびついていた」ウィーンの状況を、さらに他国の文学の面から説いている。フランスのデカダンは「社会から疎外されたものの、自己をひきさくような官能性、都市パリの残酷な美のヴィジョン」を包含し、イギリスラファエル前派は「擬似中世的精神性、強い社会改良的側面」を抱いていたのに対して、ウィーンは「オーストリア唯美主義者は超然的でも参加するでもなく、階級もろとも階級の期待を裏切ってその価値観を棄てた社会から疎外された」と。だからウィーン人は自殺者が多いのか。

ハンス・H・ホーフシュテッター**『ユーゲントシュティール絵画史　ヨーロッパのアールヌーヴォー』**（河出書房新社）を読む。表紙はクリムトの「接吻」。絵画に焦点を当てただけあって、個々の画家の作品を自身の感性を武器に詳細に分析している。文学でいえばテキスト主体の作品論である。ユーゲントシュティール＝新しい運動は、芸術の分野で最後の様式らしい様式と言えるかもしれない。以下、興味深い点を拾う。イギリスについて。ウィリアム・モリスは中世の手仕事に倣い、手製の生産という作業方法に固執し、芸術と生活を結びつけようとした。が、彼の意図に反して、「産業はすでに安価値な大量生産を通じて大衆の需要を充足させはじめ」、それゆえ「芸術家の孤立」を招いた。詩人ウィリアム・ブレイクの**『ブレイク詩集』**（岩波文庫）を読んだ時、破滅的だという私の勝手な先入観を打ち砕かれ、意外に純朴でスピリチュアルな感じがしたのだが、ホーフシュテッターがブレイクの画家としての発想の源泉となったものに、「自然」、「純粋」を挙げていたことに合点がいった。フランスについて。バルビゾン派、ナビ派それぞれの画家、スーラ、ベルナール、ゴーギャン、ロートレックなど的確に評していたが、どうも私にとってセザンヌだけはこの時代の流派とは別格な感じがしていた。やはりというか観念的

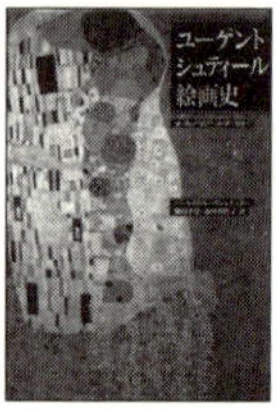

『ユーゲントシュティール絵画史　ヨーロッパのアールヌーヴォー』

な評が成されていた。「現象の客体を客体自体に還元すること」、「個別現象がいかなる役割も演じえない内的な本質への還元」。これらはキュビスムやピカソに引き継がれてゆく。イギリスのオーブリー・ビアズリーの絵のようにドイツや他のヨーロッパの国々で、挿絵など書物芸術に見える「線」がユーゲントシュティールの特徴だろう。ウィーンにおいてはクリムトの「接吻」の豊かな官能性に導かれた「線」に、何度観ても魅了される。

池内紀『**カール・クラウス　闇に一つ炬火あり**』(講談社学芸文庫)を読む。「ことば遊びから思想がうまれる」と言ったカール・クラウスは、「執筆者、雑誌編集者、出版人の全部をひとりで兼ね」、「アルプスの小国となって没落したオーストリア社会の腐敗」を雑誌「炬火」を続けることによって糾弾した。晩年「ヒトラーと聞いてもわたしの頭に浮かぶことは何もない」という発言が、「ヒトラーという現象を前にして沈黙した」と曲解されたが、池内紀によれば沈黙を通してクラウスなりの言語批判を行った。体制に社会にそしてジャーナリズムに対して果敢に挑戦した。カール・クラウスに対して愛情ともいえる視点で著した好著である。

この著作中引用されていたグリルパルツァー『**ウィーンの辻音楽師　他一篇**』(岩波文庫)を読む。戯曲家グリルパルツァーが書いた二つの小説である。「ウィーンの辻音楽師」の方は、ウィーンの没落、古きウィーンへの挽歌といった雰囲気の中、辻音楽師の不器用な生涯を綴る。もう一作の「ゼンドミールの修道院」は妻の不貞に復讐する貴族の話。自身不倫の清算に悩んだグリルパルツァーの懺悔とも取れる。不倫といえば文学、映画とも傑作は数々ある。一九四五年のイギリス映画、セリア・ジョンソンとトレバー・ハワードの「**逢びき**」（デビッド・リーン監督）、二人の演技の生真面目さがそのまま表れ、それぞれがそれぞれの家庭に戻っていく結末が、人生の哀切さという余韻を残す。「**嘆きのテレーズ**」（一九五三年フランス、マルセル・カルネ監督）は、嫁の不倫と息子の死の真相を知りつつも、卒中で口がきけなくなった姑の表情がホラー的に恐ろしくて、妻のシモーヌ・シニョレに同情してしまう。小説ではトルストイ『**アンナ・カレーニナ**』（新潮文庫）が究極の不倫物だろう。映画では一九三五年のグレタ・ガルボ版を観たか記憶があいまいだ。現代の主婦感覚からするとアンナ・カレーニナというお嬢様主婦は、子供のことも顧みず身勝手に恋愛に溺れた愚かな女である。美人だから不道徳が許されるわけでもなかろう。自殺という代償を払ったことが、世の女性の涙を誘ったのだが。

『**ウィーン世紀末文学選**』（岩波文庫）を読む。おとぎ話のプチフールがいっぱい詰まった感じがして楽しかった。ヨーゼフ・フロート『**聖なる酔っぱらいの伝説　他四篇**』（岩波文庫）を読む。二冊ともユダヤ人作家ヨーゼフ・フロートの「ファルメラ

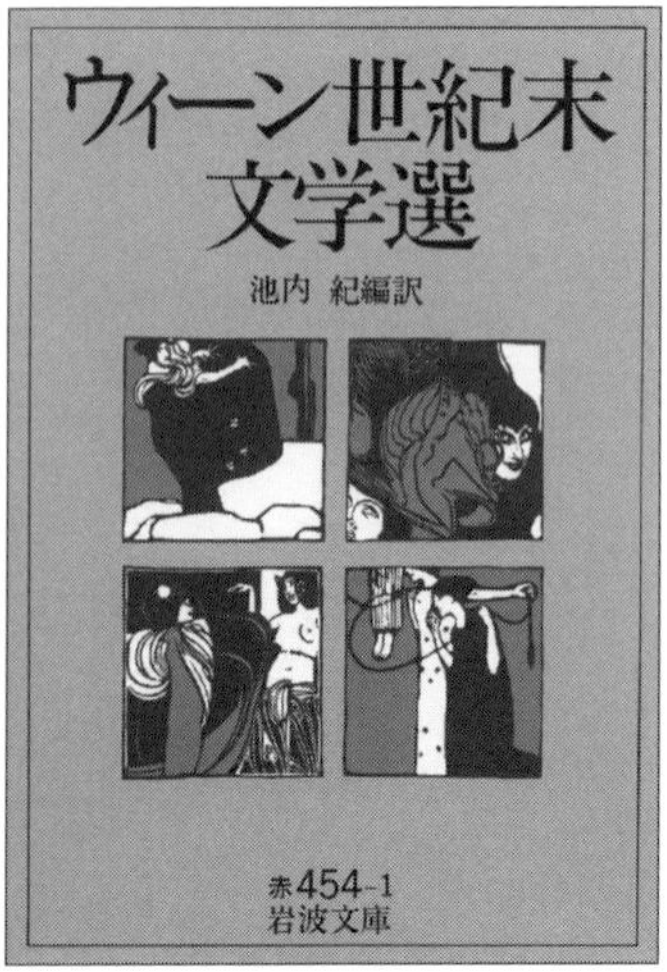

『ウィーン世紀末文学選』

イヤー駅長」を所収している。不倫の話である。シチュエーションの巧みさはあるが、男の視点で描かれしかも男が現実に目覚めて女を捨てる。こういったパターンが、一番現実世界によくあることなのだろうか。

最後はロベルト・ムージルにお願いしよう。**『特性のない男』**（松籟社）を第一巻のみ読んだごときで、ああだこうだと感想を言うのは、国際ロベルト・ムージル学会のお歴々に怒られそうだが、それからしばらくして**『寄宿生テルレスの混乱』**（光文社古典新訳文庫）を読み、間が開いたが**『ムージル・エッセンス　魂と厳密性』**（中央大学出版部）を読む。一八八〇年ウィーン生まれ、この時代の文化人に洩れず晩年はナチスから逃れスイスに亡命、一九四一年ジュネーブで**『特性のない男』**は未完のまま脳卒中で死去する。この本はムージルのまさに魂を追ったもので、特に彼が採ったエッセイというスタイルでの文章を所収する。著名人や芸能人が書く出産、子育て、介護の体験記、日常生活を綴った雑文をエッセイとするのは、世界中を見ても日本くらいだろうが、欧米においてはエッセ・クリティクス、まさに批評文である。ムージルはエッセイとは非個性的なもの、特性のないものとしている。「エッセイについて」の中で、こう言っている。「私見によれば、エッセイという言葉は倫理と美学が結びついている」、「エッセイが生み出すのは、人物像ではなくある思考の結びつき、つまり論理的な結びつきであり、エッセイが関係する自然科学と同じく、さまざまな事象から出発する」。

『特性のない男』

ウィーン世紀末政治に対しては、「実質を欠いたそのイメージが現実とコントラストをなしながらあくまで保持されて、パン屋に支払うお金がなくてお伽話でお腹がいっぱいにする人に慰めを与えていたのだ」。またオーストリア文化に対しては、「聖なるオーストリアの使命なるものを一度も実証されたことのない空論」と断罪する。一九二九年の「昨日の女性、明日の女性フランツ・ブライに捧げる」では、「人間の身体は長い間にわたって自分を知覚刺激の受身者としてのみ感じ続けることはできない。どんな状況に置かれていても、自分を表現する者、自分を演じる者へと移行するものである。そんな風に自然の衝動は、人間の身体のなかに常にイメージや感情の特定のシステムと結びついている」と言っている。しびれて自由の利かない今の私の身体にあっては、知への渇望にのみ支えられた脳のイメージによって、何とか自分を保っている。一九二〇年の「いま何を書いていますか？　ロベルト・ムージルとの対話」で、ロマン（小説）がムージルのどこに位置づけられているかを問われて、「わたしは世界の精神的克服のために寄与したいと思っているのです」と答えている。私は世界中のあらゆる作家のあらゆるロマン＝小説を読むことによって、萎えそうな精神にいくばくかの喜びを与えられている。

『愛の完成・静かなヴェロニカの誘惑』（岩波文庫）を読む。女の不義密通の話である。とはいえ**『アンナ・カレーニナ』**や「ファルメライヤー駅長」のように夫、妻以外の相手を愛した、破滅したという単純な不倫話ではない。「愛の完成」ではヒロイン、クラウディネが参事官と不倫はするが実体感のない不倫だ。クラウディネの心の内奥を綴る、観念的な心理小説なのである。不義を働くことによって夫への愛を完成してゆくと読者は思ってしまうが、それは作者に裏切られる。世紀末ウィーン人が感じていた、人間存在への不安とも違うのだ。「静かなヴェロニカの誘惑」のベースとなった『**ムージル・エッセンス　魂と厳密性**』所収の短編「魅せられた家」のヒロイン、ヴィクトリアを描出するのにこんな表現がある。「彼女の生からは歓びが消えた」、「彼女はしばしば自分の生の感覚を知らないような気がした」と。この「生の感覚」をつかみたいという欲望を抱くのが「ムージルの女たち」だろうが、それが官能であるとも言い切れない。「静かなヴェロニカの誘惑」でのポイントは「獣」だ。しかしその「獣性」が狂おしい官能ではなく、ヴェロニカにとっては「落ち着かない暗い影に過ぎない」。その官能は肉感的ではなく乾いたものであって、ヴェロニカの愛は不毛だ。ミケランジェロ・アントニオーニ描く映画「**情事**」(一九六〇年イタリア・フランス)、「**太陽はひとりぼっち**」(一九六二年イタリア・フランス)に存在する愛の不毛、精神の緊張は、五十年前の「ムージルの女たち」が抱える内面そのものだ。映画のヒロインを演じたモニカ・ヴィッティの冷たく、絶えず不安げな表情が「ムージルの女たち」に共通する。「静かなヴェロニカの誘惑」の中のヴェロニカとヨハネスの髪が風によって触れ合っている様、獣のように二人並んで立つ様は、ウィーン・ユーゲントシュティールの絵画を観ているようだ。

二〇一六年三月二十二日、ベルギー、ブリュッセル国際空港と地下鉄マールベーク駅で爆弾テロが起き、三十人以上の人々が死亡し、フランスで起きたテロの容疑者との関連性が疑われている。もはやテロは国家や民族、宗教の対立ではなく、個人の不安に依拠した個人の恨みによるものになったのか。また、時代が世紀末だろうと世紀初頭だろうと関係なく、人々は芥川龍之介が抱いた「ただぼんやりとした不安」に絶望しているのか。だとすれば、「世界の精神的克服のために寄与した」優れたメッセージを誰か人類に届けてくれないか。

美しい詩

NHK BSテレビで俳優の西島秀俊をナビゲーターとして、堀口大學の生涯を追う番組を見た。堀口大學がスペイン滞在中の画家マリー・ローランサンとの交流にスポットを当てた箇所では、画家の「鎮静剤」という詩が朗読されていた。

退屈な女より
もっと哀れなのは
かなしい女です

かなしい女より
もっと哀れなのは
不幸な女です

番組はドラマ仕立てのため、甘い情緒漂う感傷的なものだったが、興味を引かれて『**月下の**

一群』（講談社文芸文庫）を読んで、堀口大學がフランス詩の紹介にいかに尽力したかが分かった。日本のインテリから庶民に至るまで、フランスかぶれといったら失礼だがフランス文化の香りを運んでくれた功績は大きかったと思う。堀口大學、一八九二年東京、本郷生まれ、外交官の父を持ち父の後妻がフランス人だったため、家庭ではフランス語で会話していたという。父の赴任地のヨーロッパ、ブラジルに同行し、青春期は海外と日本を往復するが、自身は体が弱く外交官になることをあきらめる。しかし、恵まれた環境と鋭敏な言語感覚から、フランス詩の翻訳に卓抜した才能を発揮する。

『月下の一群』

私は季節の中では秋が好きなので、ノートに書き留めておいた詩も秋の詩が多い。いずれも一部だが、本から抜粋する。

「病める秋」ギョーム・アポリネール
病んで金色をした秋よ
お前は死ぬだろう　柳川原に嵐が荒ぶ頃
果樹園の中に
雪が降りつもる頃
（略）

秋は好きだ　季節よお前のもの音が
誰も摘まないのに落ちて来る果物と
啜り泣く風と林と
落ちて来る涙　秋の落葉よ
踏みにじられる落葉よ
走り行く
汽車よ
流れ去る
生命よ

「秋の歌」シャルル・ボードレール
われ等やがて、冷たき闇の中に沈み入らん
おお、さらば左様なら、短かきに過ぎし、われ等が夏の、生気ある輝きよ
われすでに聞く、窓外の舗石に、
さびしき響きして下ろさるる薪木を
（略）
短き人の生命や！　墓ぞ待つ、墓は飽くなし！

ああ汝が膝に額つづめつつ、われをして
真白くも燃ゆるが如かりし夏の日を惜み、
やさしくも黄ばみたる秋の光を讃えしめよ

「秋の歌」ルミ・グゥルモン
倚りそへよ、わがよき人よ、倚りそへよ、今し世は秋の時なり、
愁しくも濡りがちなる秋の時なり、
されどなほ桜紅葉
熟れたる野ばらの実とは、
接吻のごと色紅きなり
倚りそへよ、わがよき人よ、倚りそへよ、今し世は秋の時なり

「秋の女」ルミ・グゥルモン
思ひ出多き小径に沿ひて
秋の女落葉を踏みてあり、
思ふかの事は実にこの辺りにありしよな……さるを今、
風は木の葉とわが希とを吹き散らす

『パウル・ツェラン詩文集』

ルーマニア系ユダヤ人詩人パウル・ツェラン（一九二〇～一九七〇年）の詩を、なぜ急に読もうと思ったのか思い出せない。一九四一年両親とともにゲットーへ連行され、両親は強制収容所で亡くなった。ツェランは生き延びて一九四八年パリに亡命、一九六〇年ドイツ文学賞の最高峰といわれるゲオルク・ビューヒナー賞を受賞する。一九七〇年パリ、セーヌ川で死去、投身自殺と言われている。**『パウル・ツェラン詩文集』**（白水社）を読む。詩は両親と自分とに沈鬱した心の内奥を描出する。**『罌粟と記憶』**から「死のフーガ」の冒頭を引く。

「死のフーガ」
あけがたの黒いミルク僕らはそれを夕方に飲む
僕らはそれを昼に朝に飲む僕らはそれを夜中に飲む
僕らは飲むそしてまた飲む
（略）
彼は笛を吹いて自分のユダヤ人どもを呼び出す地面に墓を掘らせる
彼は僕らに命令する奏でろさあダンスの曲だ

『ことばの格子』から「声たち」の冒頭を引く。

「声たち」
水面の緑に
刻まれる声たち
カワセミが潜るとき
秒刻が唸りを立てる——

両岸で
お前に身近だった草むら
それが刈り取られて
景色が変わる

『誰でもないものの薔薇』から「頌歌」の一部を引く。

「頌歌」
誰でもないものがぼくらをふたたび土と粘土からこねあげる

誰でもないものがぼくらの塵に呪文を唱える
誰でもないものが
(略)
ひとつの無でぼくらはあったぼくらはあるぼくらは
ありつづけるだろう花咲きながら――
無の誰でもないものの
薔薇

ゲオルク・ビューヒナー、一八一三年に生まれわずか二十三歳の若さで死去、ドイツの革命家として名高く、短い生涯の間に劇作家として活躍した。『ゲオルク・ビューヒナー全集』(鳥影社)を読むと、「ダントンの死」、「ヴォイツェク」、「レンツ」など傑作を残した軌跡がわかる。パウル・ツェランは一九六一年「子午線　ゲオルク・ビューヒナー賞受賞の際の講演」を行っている。その中で特に印象に残ったくだりを紹介する。

「つまりひとはいつも詩について思うとき、詩と連れだってこのような道を行くものなのでしょうか?　この道は単なる回り道「あなた」から「あなた」への回り道にすぎないのでしょうか?　しかも他にも道はあまたありますが、そのなかにも言葉が有声となる道もあるのです。つまり出会いの行われる道が一人のこちらの気配を感じとっている「あなた」へ通じる一つの

『ヴァルザーの詩と小品』

声の道が、みじめな生き物の道が。それはおそらく存在の投企、自分自身を先立てて自分自身のもとへとおもむくこと、自分自身を求めること……一種の帰郷です」。

ローベルト・ヴァルザー、一八七八年生まれスイスのドイツ詩詩人で、ひっそりとした日常の気配が匂い立つ美しい詩を書く。**『ヴァルザーの詩と小品』**（みすず書房）を読む。

「罪」

ぼくは草はらが
夜と朝の湿気をおびあたためられた谷間の草むらが
輝くのを見る
ぼくは太陽がまぶしく照らすのを見る
ぼくは家の壁や塀の内側に
坐っている　これは罪だ

明るい人影が
ぴかぴかの板張りの床をおもわせる

活気あふれる牧場を行く
ぼくは不機嫌と
憂鬱のとりこになって
坐り込んでいる　これは罪悪だ

「冬の陽ざし」
家の壁や塀に
——そう長つづきはしないだろう——
陽ざしが金色に照っている
一日は
地表に織られた
夜闇と霧という織物をきれいに取り払った

心安らぐ喧噪
胸をしゃんとさせるかじかんだ手をあたためる
ありがたい陽ざし
今ぼくも忘れ去った

ぼくの胸を長くおさえつけていた
重い苦しみを

ヴァルザーは「セザンヌ考」、「ヴァン・ゴッホの絵」、「パガニーニ」など美術や音楽についての論考も著している。またパウル・ツェラン同様、ゲオルク・ビューヒナーを「ドイツ文学の空に明るくきらめく若わかしい星である」と崇め、「ビューヒナーの逃走」という彼の劇的な人生を描く短文を残している。

ムージルは『**ムージル・エッセンス　魂と厳密性**』（中央大学出版部）所収の「文芸時評　短編小説考・ヴァルザー・カフカ」の中でヴァルザーをこう評している。「彼はむしろ愛すべき、いくらか空想的な小市民なのだ」、「しかしヴァルザーは世界の事物や内面の事物がもつ譲ることのできない要求、われわれに現実だと受け取ってほしいという要求に対しては、たえずそれを裏切る」、「彼が熱したり憤慨する場合には自分が書きながらそうしているのだということ、自分の感情は用心深く身構えているのだということを、けっして忘れない」、「彼は登場人物たちを突然黙らせ物語にまるでそれが登場人物であるかのように語らせる」。ムージル自身自分を「エッセイストでなく自分は詩人だ」と言っていた。ムージルにとってヴァルザーやリルケの詩は、特別に心に響くものがあったのだろう。

ムージル同様、生活の糊口をしのぐため批評文を多く残したヴァルター・ベンヤミンも一方で、詩的な散文を書いた。『**暴力批判論　他十篇**』（岩波文庫）の巻末で翻訳者の野村　修氏が「一九〇〇年前後のベルリンの幼年時代」を、「この回想録は二十世紀のもっとも美しい散文のひとつとして定評を得るにいたっている」と評している。幼年期、少年期のベンヤミンが、冬の朝暖炉の中の焼きリンゴに思いを馳せ、ベルリンの公園を駆け抜け、椅子やタンスが屹立する室内の静謐なたたずまいに漂う、彼独特の時間と空間の感覚を味わう姿を彷彿とさせる。ヴァルザーにも彼独特の時間と空間を、もっと物語的に創造した散文詩がある。少し引用する。

「一つの世界」

かつて一つの世界があった。そこでは、すべてが実に緩やかに展開するのだった。快くも健やかな――と言いたい――物憂さが人びとの生活をおおっていた。人びとはある意味で物ぐさだった。やることなすこと、物思いに耽りつつ、緩慢に行うのだった。

「窓辺の女性」

この女性はどうして窓辺に佇んでいるのだろう？　ただ外の、あたりの景色を眺めやるためだろうか？　それとも遠方を眺めやりながら考えることができるようにと感情が彼女を窓辺に連れて行ったのだろうか？　女性は何を考えるのだろう？　失ったもの、取り返すすべのないものをだろうか？　それとも今にも泣き出しそうにしているのだろうか？　それとも窓辺に歩み出る以前に泣いたのだろうか？　それともこれから窓辺を離れて、もっと泣き出すところなのだろうか？

一幅の絵画を観ているようだ。おそらく恋人が去ったのだろう、その哀しみは一時だと思わせておいて、しかし最後にヴァルザーは「裏切る」、「とすれば彼女はこの窓辺に佇む女性は、まだこれから苦しい闘いをたたかわねばならないことにする」。

長く苦しい闘いの場の人生を、詩人は美しく謳い上げる。

ロラン・バルト

二〇一五年十二月五日の日本経済新聞の文化欄に「ロラン・バルト生誕百年」という記事が載っていた。一九一五年生まれのフランス人批評家で、記号論、構造主義を論じた。「現代思想の論者というイメージから、創作者を触発する魅惑的な文章家へととらえ方が変わった」とリードにあるように、文学、絵画、音楽、美術、写真、映画、ファッションまた現代におけるメディア論的なものまで多岐に渡る分野を魅惑的な文章で書いために、触発されたアーティストは本当に多い。記事にも仏文学者の石川美子教授の指摘として、「芸術への愛を繊細な言葉で語った著作には『自分も作品を生み出したい』という欲望を起こさせる力があるからだろう」とある。ロラン・バルトの文章を読むと、知的な刺激が単なる刺激というだけでなく、自分の手で何かを造り出したいという気になるのである。不思議な文章だ。

たとえば小説を書きたいと思っている人には**『零度のエクリチュール』**新版（みすず書房）。「小説のエクリチュール」の章でフランス語の物語によく見られる単純過去という時制をこう解説する。「方向づけられた連帯行為をする集団にくわわって、ある意図をもった代数記号のように機能をする。時間性と因果性のあいだで曖昧さをたもちながら「物語」の展開すなわち

「物語」の理解をもたらす。それゆえに単純過去はあらゆる世界構築の理想的な道具であり、さまざまな宇宙開闢論や神話や「歴史」や小説における作りものの時制である」、「単純過去はひとつの秩序の表現なのであり、それゆえに幸福感の表現である。単純過去のおかげで現実は不可解でも不合理でもなくなる。明快でほとんど親しみやすささえ感じる。単純過去がもちいられるたびに、現実は創造主の手のなかに集められ収められる。そして創造主の意のままに巧妙な圧力をうける」。

写真に携わる人には、**『明るい部屋』**（みすず書房）。「驚き」という章でこんなことを言っている。「「写真」は過去を思い出させるものではない（写真にはプルースト的なところは少しもない）。「写真」が私におよぼす効果は（時間や距離によって）消滅したものを復元することではなく、私が現に見ているものが確実に存在したということを保証してくれる点にある」。「確実性の証明」という章ではこう言っている。「「写真」はもはやないもののことを（必ずしも）告げはしないが、しかしかつてあったもののことだけは確実に告げる。この微妙な相異は決定的である。一枚の写真を前にしたとき意義は必ずしも郷愁に満ちた思い出の道をたどるわけではない（個人的な時間とかかわりのない写真は無数にある）。つまり「写真」の本質はそこに写っているものの存在を批准する点にあるのだ」。

映画を撮る人には、**『映像の修辞学』**（筑摩書房）。「言語的メッセージ」の章でこう言っている。「動かないイメージには滅多にないが、このパロール＝中継は映画では非常に重要になる。

映画では台詞は単なる解明の動機を持つのではなく、連続したメッセージの中にイメージには意味を配置することによって行為を実際に前へ進めるからである」。「外示的イメージ」の章ではこう言っている。「写真は単なる観客的な意識と関わりを持ってくるのであって、映画がおおむね依拠してしると思われるより投影的でより〈魔術的〉な虚構の意識とは無縁になるだろう。とすると映画と写真の間にあるものはもはや単なる程度の差ではなくなって、根本的な対立になるということが、信憑性を持ってくるだろう。映画は動く写真ではなくなるだろう」。

恋愛している、あるいは恋愛したい人には、**『恋愛のディスクール・断章』**（みすず書房）。「素晴らしい！」の章でこう言っている。「奇妙な論理によって、恋愛主体は相手をひとつの「全体」（秋の日のパリと同じような）として感じとる。この「全体」には何かが足りないように思うのだが、それが何かを言うことはできない。恋愛主体の心に美のヴィジョンを産み出しているのは、相手の全体像なのである。相手が完璧であることを讃え、完璧な相手を選んだ自分を得意に思う。相手も自分と同じように部分的な美点のあれこれでなく、そのすべてを愛されたいと願っているのだと思う。そこでこの全体像をひとつの空虚な語の形で認めるのだ。目べりを覚悟しない限り、「すべて」を目録にすることはむつかしいからである」。

ところがバルトの「魅惑の言葉」はつかめそうでつかめないのである。理解できたと思った次の瞬間、手からいや私の貧弱な頭脳からするりと抜けて行く。ここは凡人にとってわかりやすいファッションに切り替えた方が良いだろう。二〇一四年十〜十二月の再放送だが二〇一六

「ポリー・マグー
お前は誰だ」

年一～三月に、NHKラジオフランス語会話応用篇で講師芳野まいによる「ファッションをひもとき、時を読む」という講座を聴いた。文学からはプルーストの『**失われた時を求めて**』、ファッション関係の経営コンサルタントのインタビュー、フランス人講師ピエール・ジル・ドゥロルムの書き下ろしなど盛りだくさんだった。一点もののオートクチュール、既製服のプレタポルテへとファッションの変遷をたどる時代をバックに、デザイナーのディオール、サン・ローランの名言も交える。一番面白かったのは、映画「**ポリー・マグーお前は誰だ**」（ウィリアム・クライン監督一九六六年フランス）からの抜粋。ポップでキッチュなファッションモデルとして衝撃的登場をしたポリー・マグーも、最後は「モノ」となった「ファッションモデル」として消費されて消え去る。代わりのマヌカン、代わりのファッションの出現を予感して。いかにも二十世紀的である。『**ロラン・バルトモード論集**』（ちくま学芸文庫）は二十世紀のファッションをこうとらえる。「実際、衣服は唯一の主要なシニフィエである。モード、あるいは着る者（個人ないし集団）の同化の程度を表すシニフィアンでしかない。いうまでもなく、この一般的シニフィエは、集団の大小や形式のありかたに応じて変化する。しかしかの服装はたとえば威厳や若さ、知性、服喪といった心理学的ないし社会――心理学的な外見の概念を告知することがありうるのである。けれどもこうした媒介をとおしてここで告知されるものは、本質的に着る者が属している社会に、どれほど参与しているのか、その程度にほかならないし、激しい歴史的転変がモードのリズムを攪乱し、新しい体系をもたらすこともある。それらは参加の体制を変えはするが、決して新しい形態を説明するものではない」。

「**『モードの体系』**刊行に際してのフレデリック・ゴーサンとの対談」で、「私にとってモードとはまさに「体系」なのです」と言う。またシャネルを評してこう言っている。「シャネルにとって時間は「スタイル」であり、クレージュにとっては「モード」であって、これが二人のちがいなのである。また二人の身体感覚もちがう」、「それにしてもシャネル・スタイルには代償がある。一種の身体の忘却である。身体は衣服の社会的「品格」のうちにそっくり吸収されて、見えなくなっている。シャネルが悪いのではない。彼女のデビュー以降、われわれの社会に何か新しいものが出現したのだ」。

　毎年、パリ、ミラノ、ニューヨーク、東京など世界の大都市で華やかにファッションコレクションが披露され、かたや庶民の間では大量生産、大量消費で安価な衣服を、それなりに工夫して男女ともコーディネートを楽しむ。インターネットでは日本の原宿、大阪の「カワイイ」、

『ロラン・バルトモード論集』

「キッチュ」なファッションが世界を驚かせる。「キモノ」から一九八〇年代の川久保玲、山本耀司の白黒ファッション（私は彼のビッグで真っ白な開襟シャツを愛用していた）、三宅一生の「一枚の布」で包むテキスタイルへ、そして二十一世紀の「カワイイ」へと至った日本のファッションの変貌ぶりを、日本の文化論としてバルトならどう料理してくれただろうか。

身体

二〇一五年四月十三日の再放送なのだが二〇一六年四月五日にNHK BSテレビで、「三宅一生デザインのココチ」という番組を見た。日本でパリで今もなお第一線で活躍する三宅一生が、今現在自分がデザインするファッションが何かを探求した番組である。ポイントはかねてより「一枚の布」で服を作り上げていた三宅一生が、「折紙のような」折ると二次元だが広げると三次元の立体の服を創造していることだ。ベースにあるコンセプトは、「着やすい、楽ちんな」服、「自然に、自由に、楽ちんな」服だ。ルネサンス絵画の工房のような研究開発チーム、「リアリティ・ラボ」の若いデザイナーとともに、日々創造の力を練り上げてゆく。今回のテーマは「四角形」、突出したりへこんだりする折紙のすき間を利用した、「間」を意識したデザインで、二十一世紀版「一枚の布」が折紙の服だそうだ。「暮らしに取り込んだ服でモードでもファッションでもない」彼独自の衣服の世界の中で、デザインに裏打ちされるのは、日本の「機能と美」で、そのために日本の職人の技たとえば、白石和紙、刺し子、しじら織などを日本各地を貪欲に足で回り吸収する。「自然に、自由に、楽ちんに」というコンセプトが、彼にとっての「布と身体」の飽くなき追求の堅固な支えとなっている。

『モードの迷宮』

鷲田清一『**モードの迷宮**』（ちくま学芸文庫）を再読する。実は脳出血を患ってようやく退院した直後、一度読んでいる。まだまだ転びやすく不安定で、不快なしびれと痛みに見舞われる自分の身体を客観視できないかと思っていた。というと格好が良いが、要するに不愉快な体を突き放してみたかったのである。ところがそんな思いとは裏腹に、それから十一か月余りの生理は、健康な時と比べてもかってないほど重かった。子宮を回る血の巡りに女としての最後のあがきを感じながら、蛇のようにのたうちまわる営みを不快と思うと同時に一種のエクスタシーを感じた。『**モードの迷宮**』もロラン・バルトや三宅一生のようにモード論として「衣服と身体」を意識したのではなく、私のあくまで個人的事情としての「身体」の解明に答えを与えてくれるのではないかと思ったのである。この不快な右半身を持った私の体に実体感はあるのか、生きている価値がどれほどあるのか、その身体に私の精神は単に付随しているだけなのか、と。したがって一度読了した時の感想は、「モードとは」、「ファッションとは」を読みといたのではなく、私の身体の感覚がそうさせたのか、エロティックな文章として響いた。

今回は冷静に（？）読んだつもりなのだろうか。「身体はイメージでしかあり得ない」、「衣服＝身体は意味を湧出させる装置でありながら、同時に意味を吹きこまれるもの、つまり意味の生成そのものなのだ」、「ファッションが道徳的であるとすればそれと正確に同じ程度にファッションは淫らである」、「〈わたし〉は別のものへの移行と変換〈エクスタシー〉においてはじめて〈わたし〉となる」、「わたしは身体であるのでもなければ、身体をもつものでもないとしたら、わたしにとって身体とはいったい何なのだろうか」、「わたしたちはたえず自分を映しだす鏡を求める。他者のまなざしという鏡を」。羅列したが、最終行で総括している文章が、私の今の不均衡な身体、自分の不格好な身体への不安を突き放すことのできる、一応の答えとなっているのだろうか。「〈わたし〉の自己解釈と自己存在とのあいだにあるずれがあるかぎり、いいかえれば〈わたし〉が自らの皮膚を自らの可視的、可感的な存在をもてあましているかぎり、要するに〈わたし〉の近さと遠さに不均衡があるかぎり、〈わたし〉にとって廃棄可能な現象なのである」。

ケネス・クラーク『**ザ・ヌード**』（ちくま学芸文庫）を読む。ケネス・クラークは『**絵画のみかた**』（白水Uブックス）以来だ。個々の美術作品に対する細部に渡る洞察力が、おしまいにはいつのまにか大局的に美術の歴史を網羅している手法は、相変わらず圧巻である。また随所にイギリス的なウィットとアイロニーが効いた文章だ。主にヨーロッパの彫刻、絵画の美術作品でとらえられた、男性、女性の裸体の意義を各国、各時代に渡って解説する。

『ザ・ヌード』

ギリシャ人の「肉体への信頼」、「精神と肉体はひとつであるという感情」、「肉体の美に対する熱烈な讃美」をもとに「人間のはだかの肉体を永遠に残したいと思ったのは、それが美しいからであった」とするのは極めて自然な感情だ。ところが時代が下るにつれて、身体に対する感覚は変化する。ミケランジェロのシスティナ礼拝堂の目的、つまり「肉体の美をしっかりと把握し、それをさらに精神の領域にまで持ち来たらすというあの目的を、達成したと言い得るであろうか。完全にそうであるとは言い切れない」。これが十六世紀後半になると「肉体に対する信頼の衰退」が起こり、「この衰退とともに、肉体的なものを精神的なものに高めることはもはや不可能になった」、「神的なものへの信頼は衰退した」。しかし現代人は「ポライウォーロのヘラクレスの筋肉や腱、または後にはミケランジェロの競技者を前にして」、「生の感覚」を覚える。ピカソはシュルレアリスムの絶頂期にあっても、「肉体の美しさへの信頼を失っていなかった」。

私にとっての衝撃的なヌードは、美しく空想の世界にいざなうレオナール・フジタの裸体画と、対照的な中村研一の裸体画である。一九八〇年代後半、東京の小金井市にある中村研一記念美術館（現　中村研一記念小金井市立はけの森美術館）で中村研一の裸体画を観た。日本人にしてはバタ臭く、ゴーギャン的な濃厚な色彩だ。戦火によって大部分焼失してしまったそれまでの絵画を乗り越えるかのように、明るく、現実感あふれたまさに「生の感覚」を極めたヌードだった。

二十代の頃から、能、歌舞伎、文楽など古典芸能を時々観ていたが、夫の転勤で金沢に移ってからは、月一回宝生流の定例能を楽しんだ。千葉に戻ってからは惜しいことにぐっと少なく、二〇〇一年四月六日千葉県民会館にて、野村萬斎による「狂言への誘い」、二〇〇二年七月二十七日千葉県文化会館西側特設舞台にて、第二十回記念千葉能の野外での薪能、二〇〇二年十月中頃の文楽と数えるほどしかなく、この体となった今では身動きできず残念極まりない。野村萬斎の出し物は、「釣針」、狂言そのものの初歩的なレクチャーが大変わかりやすかった。薪能は夜の幻想的な雰囲気が堪能できたが、七月のことなのでとにかく蒸し暑い。能にしてはアクロバティックな「安宅」を観世流で楽しんだ。肝心の文楽の「摂州合邦辻」の記憶があまりない。太夫の力強い、腹からうなるような声が確かに印象的だったのではあるが。

フランソワ・ビゼ『**文楽の日本　人形の身体と叫び**』（みすず書房）を読む。西洋の演劇の規範を覆す日本の文楽の世界を読み解く。「文楽は禁欲の舞台であり、一つの芸名の中に一旦凝縮されたものが世代から世代へ、一つの身体から身体へと受け継がれてゆく」。大学時代友人と文楽を初めて観たときに、友人が「人形が可愛い」と言った。その無神経なまでの表層的な感受性に怒りすら覚えた。人形遣いによって魂を吹き込まれた人形が、可愛いいはずがない。エロティックな情念を体現した人形の姿に、私は言葉もなく茫然とした。

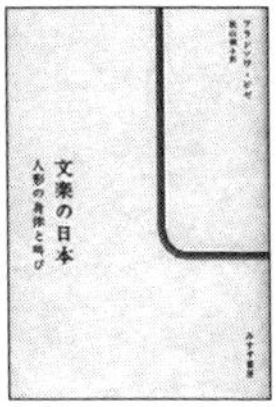

『文楽の日本　人形の身体と叫び』

フランソワ・ビゼは人形の気配、太夫の気配、観客の気配を感じとり、最後にはかすかな息遣いとなってさっと舞台から消え去るような余韻ある文章を書く。「日本的「私」は自分がどこに位置するかという状況によって決まる」、「文楽の登場人物」に「自己なき自分」を見、他者との関係によって規定される日本の主体が「自在に姿をかえ」、「遍在すると同時にどこにもいない」ものとする。文楽の主体は「太夫から太夫へと引き継がれてゆく」のである。「血みどろのものたち」の章では、残虐な文楽の側面をとらえ「切断の好み」に注目する。「日本では現実においても舞台の上でも、戦場で身体の一部が切り離されたところで死が完了するわけではない。その死は「首実検」へと引き継がれ、切り離された首という断片は名前つまり他の何物にも還元され得ないものに結びつけてくれる」。ビゼは、「人形の身体の錯乱と解体がどこまでいくのか見届けることにした」、そして「文楽は身体の切断をテーマの中心に据え、こうして舞台を自分を映し出す鏡とし、自らをそこで解剖してみせたのだ」と見る。またビゼは日本滞在中、女太夫に稽古をつけてもらい、その時の師匠に対峙する弟子の自分との関係をこう見ている。「弟子の前には、楽譜もなければ読むべき記号もなく、解釈の余地を残す言葉もない。ただそこにあるのは師匠の身体であり、日々その身体をまねなければならない」。文楽における空間認識、太夫の声の役割、時代やその時の事情によって人形の主遣いの役が、素顔を隠したりさらしたりすることへの鋭い言及は、私が今こうして半身不随の身体と、かろうじて残る何らかの精神を表す顔を他者に見せていることとの意味を、あらためて考えさせてくれる。私は他者にとってどこにも存在しない、そう考えれば良いのだ。

再び鷲田清一に戻る。『**ちぐはぐな体　ファッションって何？**』（ちくま文庫）を読む。衣服と身体の関係を『**モードの迷宮**』よりさらに平易に解説する。ファッションをどう論じるかは記号論の哲学者やファッション業界の方々に譲るとして、私の「身体」、「存在」に関わる部分を羅列する。「ぼくらはじぶんをだれかある他人にとって意味のある存在として確認できてはじめて、じぶんの存在を実感できるということだ」、「じぶんの存在が他者にとってわずかでも意味があること、そのことを感じられるかぎり、ひとはじぶんを見失わないでいられる」、今の私はかろうじて幾分かは家族のために役立っている、と思うだけで存在する価値があるのだろうか。「じぶんが背負っているさまざまの人生の条件、そこにはひとそれぞれ、いろんな不幸、いろんなハンデがある。

そういう「はずれ」を、軽やかで機知にとんだ時代への距離感覚(「はずし」)へと裏返す感覚それがファッション感覚だとすれば……」、今私が背負っている体を達観ともいうべき余裕のある心持ちで接していたら、存在意義を見いだせるのだろうか。「生の感覚」を実感しながら心強く生きていけるのだろうか。時代の価値基準に、世間の価値基準にとらわれるな、今の自分を隠蔽するな、日々心にそういう思いを抱いている。

鶴見俊輔

二〇〇八年三月十五日に千葉県我孫子市のけやきプラザふれあいホールで、講師に鶴見俊輔が招かれ、「柳 宗悦を我孫子で語る―「白樺」から「民藝へ」―」という講演が開かれた。こむずかしい話は脇に置いて、白樺派の作家や柳 宗悦と家族の話をおもしろおかしく紹介していた。白樺派について。学習院といえば皇族と貴族の子息が行く学校だったが、海軍の子息がいばっていたのに反抗して、有島武郎や武者小路実篤らが個人主義、平等主義を称して白樺派に発展したこと、柳 宗悦が体制批判をして放校寸前のところ、高等科で一番の子供を退学させることはできないとかばったのが、教師だったこと、西田幾太郎と里見 弴と柳 宗悦は一貫して戦争を批判したことなど。鶴見俊輔自身はのちに書くが、マージナルな文化を賞賛した人らしく、柳 宗悦と山下 清を尊敬すると言っていた。柳 宗悦について。キリスト神秘主義に関する四つの書籍を前に質問したところ、仏教の典籍によってすべて回答した。家族については柳 兼子夫人、東京音楽学校を出た声楽家、柳 宗悦の伝記を書くためインタビューに訪れた三鷹の居宅で、夕飯を作るから食べて行けと言われ恐縮した。三人の子息について。インダストリアルデザイナーの長男、宗理氏、宗悦の伝記を書くと言ったら「おやじはそんなに偉い人物なんですか?」と言われた。美術史家の次男、宗玄氏、本好きは彼だけで教授になった。園芸家の三男、宗民氏、教師をしていた高校に父が講演に来て、色紙を書いてもらった。

『柳 宗悦と民藝の現在』松井 健(吉川弘文館)を読む。本自体は入門書に近いせいか、冷静な批判力にやや欠ける。柳 宗悦の直観に頼って美を探し求める姿勢を強調するあまり、「美」そのものや「民藝」の理論を明確に言語化しなかった柳 宗悦の著述の分析が甘い。にしても「用の美」、「下手ものの美」を「無人の工人」が作る姿を「民藝」として重んじる柳 宗悦の生涯をわかりやすく追っている。「工藝の美は伝統の美である」、「よき作には真に協力の世界が見える」という民藝運動の最骨子を実現したのが、一九三六年設立の日本民藝館である。直観を信じて目利きを発揮した柳の審美眼によって選りすぐられた雑器や織布などが収蔵、展示される。私は二十代の頃一度訪れたことがある。濱田庄司、河井寛次郎、バーナード・リーチによる作陶は、シックで洗練されていた。今観るべきではないと思った。日本文化の美の底力に対して、明らかに自分は勉強不足だと痛感した。

鶴見俊輔**『限界芸術論』**(ちくま学芸文庫)

『限界芸術論』

を読む。我孫子の講演会で顔にバンソウコウを貼ってそろりと登場、数日前邸内で垂直に倒れたという。自身のエピソードをひょうひょうと語っていた。いわく「十六歳でハーバードに留学、収容所体験を経て卒業証書を出してもらう。英語がダメで試験は白紙で出した。あるとき熱を出して治ったところで、英語が次から次へと出てきた。つまりこれが神秘体験だ。ハーバードには無神論を説く講義があった。私自身はキリスト教もグローバルも信じていない」と。著書ではいかにもこの話に見られるような、反権威、反主流のスタンスが窺えた。自分自身が「限界芸術」＝マージナル・アートの体現であるかのような主張だ。「芸術と生活との境界線にある作品を「限界芸術」と呼ぶことにしよう」、「くらしとも見え、芸術とも見えるへりの部分が「限界芸術」である」、「生活様式でありながら、芸術としての側面をもっている分野を「限界芸術」と呼びたい」。鶴見俊輔のおめがねにかなった「限界芸術」的な人々は、民俗学の柳田国男、民藝運動の柳 宗悦、文学、思想哲学だけでなく農業の実業にも貢献した宮澤賢治、日本のカール・クラウスばりのジャーナリズムに尽くしながら、サブカルチャーたとえばすごろく、カルタ、相撲などの多趣味なところを自分だけでなく全国共通の大衆娯楽の世界を作ろうとした黒岩涙香である。鶴見俊輔と彼らに共通している点は、自分で思索すること、体制や個人に従わないこと、生活感覚を重んじることだ。つまり真の個人主義の確立を目指したといってよいだろう。

芸術を純粋芸術、大衆芸術、限界芸術と三つに分けている。そのうち著書の後半部分で大衆芸術として、円朝の怪談、時代小説、大衆小説、歌謡曲を取り上げているのは一興だった。純文学作家を「日本の近代小説の作家は指導教官とおなじ教育制度をとおってきたものとして、そのものの見方と感情はおなじような動きのなさを示している」と評し、それに反して、中里介山、大仏次郎ら大衆小説家は「早くからさまざまの職業について現場での人間的接触をとおして日本人を知っている」と見る。同じような脈絡で、戦中、戦後の過酷な現実の中、幼少期、青年期を経て、大衆の共感を得る作風で人気を博した、野坂昭如、五木寛之、井上ひさしらを賞賛する。この本自体が反体制、反権力、反封建社会、反男性中心主義を打ち出しながらも、それらをユーモアでくるみ、娯楽要素で論じてみせている。

鶴見俊輔は歌謡曲の歌手の魅力は、「強い生命のリズム」であるとしている。ロベルト・ムージルのいう「生の感覚」とともに、生きる原動力になる言葉だ。二〇一六年一月十日に亡くなったロックミュージシャン、デビット・ボウイのCD「**ナッシング・ハズ・チェンジド**」を聴く。私にとっての「限界芸術」たるボウイのボーカルだ。今の私の身体は醜く、とうてい芸術たり得ない。しかしせめて鋭敏な感性、しなやかな精神力を切望してもいいだろう。ボウイの歌声がもつ「強い生命のリズム」、「生の感覚」が私を高揚させてくれるのが、はっきりとわかる。

著者略歴

菊地 美也子（きくち みやこ）

1960年 静岡県生まれ。千葉県在住。

2007年 『心に響く日本と海外の名作・名著165選』を自費出版。

2012年 『いつもバスに乗って』を自費出版。

カイエ

――書物に魅せられて――

2016年 8 月25日 初版発行

著者 菊地美也子

発行・発売

創英社／三省堂書店

〒101-0051 東京都千代田区神田神保町1-1

Tel：03-3291-2295 Fax：03-3292-7687

印刷／製本 (株)新後閑

ISBN：978-4-88142-991-4 C0098